邊境國

Piiririik

托努・歐內伯魯 Tõnu Õnnepalu 著

梁家瑜 譯

序——永恆的邊境（國）狀態

托努．歐內伯魯
梁家瑜／譯

在一九八零年代早期，當我在愛沙尼亞小小的大學城塔圖（Tartu）唸生物學的時候，有個朋友問我為什麼只寫詩，不寫小說。是的，我當時已在某些地方發表了幾首詩，而且確實，我那時已經做了決定：我的未來在寫作，而不在科學研究。做個動植物學家一直是我兒時的夢想，但此時已然不同。我自己的天性似乎提出了比植物、動物和生態系統中的未解之謎更迫切的問題。此外，文字的世界向來吸引著我。單純的文字，以某種方式組合在一起，成為一首詩或是一篇散文，對我產生的影響無可比擬。但我對朋友的問題沒有答案。我知道他的意思。小說比一首簡單的詩更龐大，更像是真正的文學。我們全都、或者幾乎都會寫某種詩。詩沒那麼複雜。但我們當中沒有人寫過可稱作小說的作品。我自己也沒有。事實上，我甚至連寫小說是什麼意思都沒概念。我讀過很多小說，有幾本很欣賞，但閱讀並不會直接教你怎麼寫，怎麼創造一個新的世界，屬於你的世界。

我們坐在我的學生公寓裡——還是該怎麼稱呼它？那是間殘破的房間，位在一棟離河不遠的腐朽百歲老木屋裡。那時，冬天依舊嚴寒，壁爐中的柴火只能緩解片刻。但那些是充滿喜悅的片刻。當時我認為我的房間幾近完美：它是屬於我的。那裡我已經有自己的打字機，南斯拉夫製，很難得手（打字機，就算沒被禁止，在當時也還被視為有害公共秩序），我的錄放音機，我的書，還有一整盒黑膠唱片，大多是古典樂，但也有愛迪・琵雅芙（Edith Piaf）。當我的朋友提出那個不知打哪來的問題時，正唱著歌的就是琵雅芙。我們喝著匈牙利產的葡萄酒，或許還點著一盞蠟燭，又或許當時寒冬已過，春天已到，而窗戶正開著。我不知道該怎麼回答，但或許在葡萄酒的幫助下，突然靈機一動，我說：「小說，我要在巴黎寫。」我的朋友笑了（我想），彷彿我說的是笑話，而不是認真的回答。沒有人從蘇維埃愛沙尼亞去巴黎的——我的意思是，沒有任何我們認識並認為是正常、體面的人這麼做過。身為作家，你得對黨和蘇維埃意識形態折腰，並做出過於沈重的讓步才有可能——當然，對我們而言，這不可接受。我們沒有人出過國。我的巴黎，是個近乎只存在於書本中的地方，而那些書多半是許久之前寫成的。然而，就算我的回答是以有點諷刺的方式迴避問題，但在內心深處，我卻是認真的。在心底，我確信（就算這個想法如此荒謬）我終將前往巴黎，置身其中，更自由，更自在，比在自己出生的國家更敢於做自己。嗯，我同意，那是個相當天真、相當浪漫，也相當老套的夢想。而我對朋友的承諾也不是認真的。我早忘了。

同時，一切都變了。突然間我們被允許去巴黎了，想去幾次就去——我們貧窮的東歐褲袋裡有或沒有錢都可以去。順帶一提，我們那時才剛得知一件事：我們是個特別的「種族」，不同於真正的歐洲人。

我自己也經歷了不少變化，發表了幾本輕薄的詩集，翻譯了幾本法文小說（我在學校從沒學過這個語言），同時生活在一個再次獨立（且極度貧窮）的國家，而且已經去過了巴黎，甚至還去了兩次。但我卻還沒寫出一本小說。確切地說：我寫過。我在當時生活的小島上寫過，但完成之時，我明白那部作品什麼都不是。我把它扔進壁爐裡燒了。在九零年代早期，在那座小島上，那部作品還只是草稿（儘管是打字機打的），只是一疊紙——一本小說。我不確定會不會再試一次。周遭充滿了太多新的機會。過去的夢想，在失能的社會中作的夢已然不再重要。有些人去搞錢了。有些人去搞政治。有些人出國之後再也沒回來。文學似乎不再是這一切的中心。但對我而言，文學依然是中心。而就算我現在已經知道真實的巴黎不是夢想中的那個地方，讀著舊的（甚或是新的）小說，它還是強烈地吸引著我。那裡一定有些什麼！然後，出乎意料地，我拿到一筆補助，來自法國政府（愛沙尼亞政府那時還太窮，沒法給作家任何補助），是一個翻譯計畫補助。

因此，在一九九三年早春，我又到了巴黎，口袋裡有了點錢，還有屬於自己的房間！而腦袋裡卻沒有要寫本小說的想法。比起寫作，我更想體驗這種新的自由，這個新的生活，以及這個我渴望發掘、建構、創造的新自我。但我那時不知道，對我而言，生活與寫作如此緊密相連。

而在那兒，在巴黎，我遇見了某人，一個完美的陌生人，一個對我的出身、我的歷史、我的過去一無所知的人。我開始寫信給他，用法文（他不是法國人），但在幾封信之後，我明白到信開始變得冗長，開始變成某種不同的東西。我不再寫信給他。相反地，我找到了一個被創造出來的聲音（但依然是我的聲音），它開始訴說、告解、寫作——對著一個虛構的收件人。不知不覺我開始寫一個故事，一本小說。就這樣，這事依舊在巴黎發生了。有時候，透過愚蠢或是搞笑的話語，我們說出了真相。

如今，那些時光似乎如此遙遠，已然彷如「歷史」！在小說裡，敘事者有台電話，掛在他房間的牆上，只有他在家的時候才能夠聯繫到他。離開家在當時意味著離開一切連結。那是另一種自由，如今幾不可得：出門並消失在大城市的人類叢林裡，口袋裡沒有電話。沒有人知道你在哪。沒有人知道你是誰。

在那些年，九零年代早期，那短短一段時期間，歷史似乎失去了其恐怖的力量，而自由似乎是場沒有邊境、永無止盡的冒險，可不是嗎？我們相信過去徹底過去了，被我們拋在身後。但沒有，它回來了。事實上，《邊境國》的敘事者並不確定他召喚的這個「不可想像」的過去真的離開了。他最深的恐懼是，這個過去就在某個路口轉角等著他，帶著它全部的殘忍與荒謬。不知為何，現在這發生了。東歐，先前似乎已融入這個巨大的現代世界，再度成了地圖上的一道紅線。紅意味著：血。紅意味著：可能的危險。紅（在此）意味著：我們不知道。再次，當下令人害怕，未來一片朦朧。我們又回到了邊境國裡。在某種意義上。當然，這並不是「回到」。當我在一九八三年承諾要在巴黎寫我的第一本小說時，我或許無意識嗅到了將來臨的巨大改變——那些巨大改變並不只是更自由的國度、更自由的人、與更快樂的世界。它們也帶領我們進入了更混亂的世界。在《邊境國》裡我親歷一個轉折點，既是個人也是歷史的轉折點：我身處其中。而我們是否正將來到另一個轉折點？或許比我更年輕得多的作家能嗅到，並表達出來。我只能說，我的感受出乎意料地沒有多少改變：人類的生命總感覺就是個完美的邊境國。一種永恆的跨越，朝著漫無目的的明日而去，口袋裡甚至沒有一台 iPhone。

邊境國

你是怎麼說的，當時？「你的眼神好奇特，像是在觀察這個世界。你不是這裡人，對吧？」對了，我想這些就是你最先吐出的幾個字，安傑洛，就像在顯影槽中的相紙上浮出的影像，你從太陽那空洞而蒼白的光芒中浮現。我曾經看過，在晦暗的暗房中，就著螫人的紅光，越過肩膀看著那雙手在黑色的液體中操作著神秘的手勢。最令我著迷的，更甚於那肩膀和那手的，是輪廓開始自行描繪的瞬間……那已經是好久之前的事了。那是在上個世紀，在一個今日已消逝的國家。但在那兒，人們應當已經熟悉達給爾[1]的發明，因為我清楚地記得那個顯影槽。但我會有時間跟你說到那個世紀，那個國家，以及那雙被時間竊去魔力的手。一切都有其順序！我有太多的事得對你說，或該說得寫給你，因為我最終承諾要寫信給你，要一點一滴攤在白

1 Louis Daguerre，照相技術的發明者之一。

紙黑字上，從頭到尾，如果我真能找到頭跟尾。

因為你是個陌生人，因為我可能再也不會見到你，因為你來自地球的另一面，而你對於我將告訴你的事情一無所知，我大可扯謊，隨喜好杜撰一切！

因為你恰巧在這座城市裡對我開口。不，不是巧合，是你選擇了與我攀談，他們派你來聆聽我，你別無選擇。我從未試過對任何人說這件事，因為人們總以為自己知道一切。他們都早有自己的判斷。而你，安傑洛，你沒有判斷。我甚至不知道你是否真的存在。原諒我粗疏的法語；我能提起寫信給你的勇氣，只因為你也不是個法國人，因為你並不特別是什麼。沒錯，就只是為了這個原因，我才敢寫信給你。因為對你而言，我也是突然從不知名的地方冒出來的，從水深之處，從地底下，從波士尼亞赫塞哥維納[2]，從一個河岸邊的小鎮，從小鎮上的一棟公寓，裡頭破爛廁所的噁心氣味令人窒息，從東歐，從柴堆的後頭。

那麼，我該從哪兒冒出來，帶著我的罪行，帶著法蘭茨（「法蘭西？」你問到，因為我的發音太差；不，不是法蘭西，法蘭茨，半個法國人半個德國人，出生於史特拉斯堡，我們相遇的地方），帶著我昨晚夢到的祖母……對了，我夢到我的祖母，還有那隻名叫米耳飛的母貓。她們兩個都死了，雖然就米耳飛而言，我並不能肯定：她失蹤了，也許還在附近什麼地方遊蕩。至於我的祖母，天知道她能做出什麼事！

2 Bosnie-Herzégovine，簡稱波赫，位於南歐巴爾幹半島西部，首都塞拉耶佛。原為南斯拉夫的聯邦之一，一九九零年代，於南斯拉夫戰爭時期獨立，目前由歐洲議會所選出的高級代表管理。

如你所見，我沒法兒起頭。然而我除了想著這封信，沒什麼其他事好做：我遊蕩過那些空洞而蒼白的日子，指尖提著公事包，裡面有我那些老傢伙的詩集影本（這是我的「工作」，我會有時間跟你說明的）和一本口袋版的賽薇涅夫人[3]書信集；走在夢酥璃公園裡，晚開的茉莉仍舊綻放；佇立在黎巴嫩雪松下，聞著樹脂的氣味；潛入地鐵的地底王國，在其中與鬼魂和人類錯身而過……

在這段時間裡，我不停地想著我的自白。我掂量著該對我作為一個人類的一生、對我所犯下的無聊罪行說些什麼……要是我知道該從哪開始，就什麼問題都沒有了！我是不是該從很久以前講起，從上一個世紀，從那棟預建屋的一樓，從我祖母一直不准我打開的窗戶所看到的景象開始？還是從阿姆

3 Mme Sévigné（1626-1696）路易十四時期的法國書信作家。

斯特丹，那個精巧的、受犯罪所驅使的城市開始？或者從那個垃圾桶講起？法蘭茨的名字還印在我剛丟進去的報紙上頭。或者該從這兒開始？從那曾經或仍持續的——假設還持續著的——暈眩、盲目而炙人的陽光說起？

對，驕陽。如果我要隨便起個頭，那我會從太陽開始。我渴望陽光。我的慾望朝它而去，而正是跟隨這股慾望，我才走到了這座城市：積聚了全世界的美、財富，和太陽的豐盛恩賜，也窩藏了醜陋、痛苦、和空乏，即使黃金和寶石也無法掩飾。終於，在這座城市，你從空洞中浮現在我眼前，為了讓我向你述說我的故事。

我的故事！像是在消逝已久的過去，人們就著溫適的火爐邊搖曳的微光述說的童話，沒有開頭也沒有結尾，緩慢而驚悚的童話。在其中，人們與兇殘的野狼、會說話的蛇，以及林中仙女相遇。

但是你並非從飛旋的暴風雪突然現身於閃爍的火光中。你也不是個灰鬍子老頭。相反的，你是個令人渴望的年輕男子。你是我的鏡像，我的雙生，我的對偶。你在某個週日突然現身在我面前，那天陽光清冷，淡淡地圍繞著玻璃櫥窗前的行人，和凝結在露天咖啡座的客人：光的造物，屬神而虛幻，由聖厄斯塔許教堂（Saint-Eustache）、聖母院（Notre-Dame）和聖梅希教堂（Saint-Merri）的瘋狂鐘聲召喚而來。你從那自幼便緊跟著我的週日空虛中、從那無遮掩的正午光亮中浮現，令我憶起甜筒鬆餅冰淇淋的滋味。你從鄰桌出現，自一開始你便在那兒，而我卻沒看到，因為太陽令我目眩神迷。突然，你從那蝕人的顯影劑中浮現，還有點朦朧，但已令我興奮莫名。你將啤酒杯放在我桌上，看入我的眼底，說到……

就這樣，我跟著太陽，從這裡人們口中的「北邊，上方」來。在我的國家，太陽是稀有的鑽石、難以置信的金幣，必須就著火光檢視，再放到齒間咬齧過後，人們才能理解並相信眼睛所見的。在秋天，人們將太陽、馬鈴薯以及蕪菁甘藍一起收藏到地窖中。在春天被取出晾在庭院裡的時候，它仍留存著馬鈴薯白色嫩芽的有毒氣味。這氣味充塞整個庭院，直到森林的邊緣。

森林！在庭院之外，總蔓延著一片陰暗濕冷的森林，缺乏維生素的孩子們會在五月時前去採摘酢漿草酸澀如火的淡綠嫩葉。他們狼吞虎嚥地塞了滿嘴，以至於眼睛在冷杉的暗影中發光，像野獸的眼睛。

當一個人感受到死亡來臨時，他會用最後的力氣，將自己拖到森林裡，躺在冷杉僵硬的樹根上。在那個地方，連青苔都長不起來。棕色的針葉覆滿地表，在整個夏季保存著冬天的濕寒，而後緩慢地分解，散發出死亡苦澀寒冷的氣息。人們說在這樣的地方，靈魂會變成一種被稱為「山雀」的小鳥；

牠們總是在冷杉枝椏間，用細弱的鳴聲啁啾不已，但卻從不在人前現身。屍體怎麼了，沒人提起過。誰還在乎這些潮濕的老樹！野獸們早把骨頭給扯散了。那些還在乎性命的人不會冒險進入這森林。他們的靈魂對他們來說太貴重。他們在堅硬的地殼上工作到指甲幾乎剝落殆盡；土地不是沙太多就是黏土太多，不是太乾，就是太濕。在秋天，它勉強又吝嗇地交出一些黑麥、幾個馬鈴薯和些許乾牧草，這些牧草得夠整個冬天餵牛，直到太陽勉為其難地回來。

這個國家的兩邊，被佈滿岩礁的淺海所包圍；在冬天，海面會被薄冰封上蓋子，像是一小桶發酵的酸菜。燈塔在霧中旋轉著明亮的警戒燈，但船隻依舊觸礁，像是無力抵抗此處特別強烈的死亡誘惑。

在第三邊，國境被一片廣大的湖泊封起，在那裡，紅鬍子的漁夫們捕捉銀色的小魚，作為他們主要的食物。

第四邊，陽光和煦的一邊（也就是我逃出來的地方），緊鄰著一排貧困、幽暗的國度，無力地為他們胎死腹中的歷史慟哭。

「神在高天上，沙皇在遠方」，那兒的人們這麼說，一向這麼說，也將會一直這麼說，只要還有人會說話。因為上帝的話語到達這些國度時，只會是可憐的咕噥，正如同孤兒的眼淚在秋天浸透田野，直到道路變成了無法穿越的泥塘。而沙皇的御旨什麼也沒帶給他們，除了悲慘和傜役。

當然啦，安傑洛，這整個地理描繪都只是一場夢，一個幻想。這樣一個國家並不存在於任何地方。在現實中，所有的國家都已變成滿是廢墟的幽魅荒漠，無數的遊牧部族從一處水草流蕩到另一處，橫掃大地，像跳蚤一樣從一個大陸跳到另一個大陸。噯，你知道，我剛才只是為了打發時間，隨意捏造了那個國家。不過，它倒真的存在於地圖上，就像所有其他國家，許久之前就已失去其真實與意義（如果能這麼說），卻還頑強地緊抓住地圖上各自的角落。國家只存在於地圖上，就像錢只存在於銀行戶頭裡。人們準備好為他們在地圖上的位置濺血，因為血是他們最後的簽印，證明一切不只是幻象。

但事實上就是！我告訴你的一切都是真的，酢漿草的葉子和對死亡的渴望都是，至少和銀行帳戶或地圖一樣真實，只是無須以血封簽來證明其存在。一樣真實的是，我來自一個不真實的城鎮，和這座城市一樣，只是在我出生的城市幢幢鬼影（什麼話！）更為明顯，沒被夜晚街道上淫靡的喧鬧、露天咖啡座如蜜的燈光、大道上分流的幽靈在錯身甚至是彼此穿越時互換的潮濕陰暗眼神所籠罩。

我逃離的那座城鎮——倉皇狂奔又頻頻回首，和許多從那兒逃出來的人一樣——是在荒涼地景邊緣的一排廢棄的灰色房屋。當這城鎮剛從平坦的田野上、赤楊樹叢間出現的時候，很容易會被誤認成某個遊牧民族的營地：翌日便將拔營，繼續旅程；到了正午時，身後只剩被踐踏過的野草和馬糞。黎明將近，上路的時刻到了。新的禧年就要開始了。收起帳篷，上路吧！

靠近些，營帳的印象當然就消散無蹤了。外地人比較可能會注意到佈滿坑窪的街道，和灰暗的房屋，有些已被焚毀大半。海風將飛旋的苦鹹沙粒吹到人們臉上，肥胖的白海鷗則在高空中尖聲叫囂。牠們落地只為了在垃圾桶中爭搶魚肚腸，在庭中將碎紙片和塑膠袋扯散一地；牠們也試圖要飛離此地，卻終究無法逃離屋宇的網羅。

白天，在街角，人們販售裝在木箱裡的波羅的海鯡魚，一種冰冷細小的魚，紅眼圓睜瞪著三月陰沉的天空。下一個街角，可以買到仿冒的美國煙，波蘭製，還有奇蹟塔（Chiquita）香蕉，通常被認為是繁榮新時代開始的象徵。

在冬天，剛過中午，黑夜便降臨。人們踉蹌地走過因結冰而凹凸不平的道路，從一盞零星的街燈走到下一盞，幾乎辨識不出錯身而過的灰色面孔。晚上七八點過後，街道迅速地將所有的攤販和行人清空，在此之後，唯一會意外遇見的，只有從拱廊中突然冒出來的老巫婆，就著手電筒的光向你推銷玫瑰花，花色鮮紅似血。你要是買了，那花一交到你手裡，可能會變成一坯凍結的泥土。你若是不買，那老巫婆便瞬即隱去，你再也見不到她。

相反地，在六月，夜晚永不降臨。空無一人的街道上，只有樹木在天空下沙沙作響。在這座城鎮裡，樹木長得高大狂野，因為從沒人去修剪。在城鎮中央所有被遺棄的庭園裡，黑醋栗灌木叢長得枝繁葉茂，用甜蜜的香氣毒染白夜。

在這個城市的夜裡，唯一還搭載著神性的就只有輕軌電車，那照得透亮的半空車廂，漂越過黑暗或陰鬱的暮色，在轉彎處搖晃擺盪，車輪刺耳的嗚咽撕裂夜晚的空氣。

今年早春，在我逃離之前，我住在一間滿是裂痕的灰色水泥屋裡，一棟戰後公寓，天花板很高，窗戶向外就正對著一個輕軌電車站。在深夜裡，我經常從那兒觀察夜班電車：車子到站，車門自動開啟；沒人出來，也沒人進去；車內的霓虹燈泛著靛藍的光暈，幾個人影狀似睡去。門再度關上，電車再度從我視線裡失去了蹤影，彷彿離開了塵世。但偶爾還真有人會下車。偶爾我等待著、渴望著的那人也下車。然後，二月過去了，我也不再等待他，但他還是來，像是故意嘲弄我。也許他現在還來，對樓梯間骯髒的石牆呼著活人的熱氣。我無從知悉，因為某個美好的早晨，我自己搭上了電車，拋離了這個瀕死的世紀，為了在太陽下犯下我的罪行，為了遇見你，為了寫出這篇供詞。

相信我，安傑洛，我的動作既平穩又精準。我的手沒抖。我一點兒也沒覺得是在做一件戲劇化或是致命的事情。我看著我自己，帶著陶醉、甚至是興奮的感覺，像是一場電影，或是一場夢，更確切地說，因為我的夢總是像電影一樣，在其中，我同時觀察著自己又置身於情節中。事實上我全都記得，像記得一場電影，而我沒有任何後悔的感覺。也許只有一絲後悔的影子，帶著懷疑的痕跡，懷疑那不是場電影，連一場夢都不是。

有時候在報紙的犯罪報導上（我總是興致盎然地閱讀）會說：「就在那個時刻作出了稍後導致悲劇性後果的決定。」決定！事情發生在我打開法蘭茨的冰箱找尋寶特瓶蘇打水的時候，在燈泡照亮冰箱內部，將溫柔的光暈灑在食物的聖餐檯上的時候。完美的包裝！多樣乃至過量的口味！鮮果優格！鵝肝！新鮮青脆的生菜！塑膠膜封裝下虹光粲然的熟火腿！瞬間蒙上薄霧的瓶子，彷彿處子一般害羞卻又熱切的一瞥。

就在那一瞬間，我完全明白了我該做什麼，並且感受到一種刺痛般的狂喜，尖銳而強烈。那個廚房總喚起我某種褻瀆的衝動，但直到那刻我才發洩出來。這神聖的地方！乳白色的牆上一塵不染，不鏽鋼流理檯閃耀著綢緞般的光芒，水龍頭永遠送來熱水，微波爐計時器的響聲像是彌撒時唱詩班孩子手裡的鈴鐺，每天早上，碗盤會整潔乾淨地堆在機器內的籃子裡，彷彿從未被食物給玷汙過……最後，冰箱和它溫柔的光暈，一切的中心，人們收藏聖餅的地方。在廚房裡，在它完美的運作、以及醫院式的清潔面前，我總會感受到一種無邊的敬畏，摻和著某種超凡的感覺。我讚嘆地輕撫過那陶瓷和不鏽鋼的表面，毫無瑕疵，一塵不染，同時愉悅地吸著洗碗精清淡的檸檬香。但我同時又有種急切的慾望要褻瀆這一切，讓隱藏在表象後面無謂的混沌在一瞬間曝現：整面牆壁迸出黑色的裂縫，水龍頭吐出爛泥與鮮血，微波爐散出辛辣的黑煙，流理台裡除了碗盤的碎片什麼也不剩下，讓死人腦袋的腐爛臭氣充滿整個冰箱！

在那一瞬間，客廳裡的雷射唱盤傳來了某一首莫札特交響曲：快板，光燦耀眼又趾高氣昂，但音量被調低了，似乎這純粹而不受任何噪音干擾的聲音正從牆壁與地毯中滲出，一如溫柔瀰漫的燈光。當我打開冰箱門，聞到一直存在那兒的幽微死亡氣息，我頓時感受到一種野蠻而暴力的慾望，要讓那快板樂章聾掉、讓那光暈瞎掉、讓天底下再沒有任何事能抑制太陽與死亡的狂歡！

在那一瞬間我知道我非幹不可，一擊就得粉碎一切，而我清楚地知道該怎麼做。

但首先，親愛的安傑洛，為了尊重時間和重要性的順序，我或許該從其他的罪行開始，從最初那些在生命中如單調的副歌般無止盡重複的罪行說起。對了，我也應該談談在那個遙遠而不真實的世紀，在我還未踏進那班電車、還未離開之前發生了什麼事。我離開的那天，正好是神聖的星期五，受難日。經過一天的暴風雨和一夜大雪之後，街道上覆蓋了一層冰，在冰上，四月的冷冽陽光沉迷於雜亂可憎的狂歡；將活生生的血肉釘上十字架，敲下那不容置疑的一槌；同時確定了萬物自始便有其終局：無路可退。

正因此，我想給你描述一些風景，從那扇多少已被遺忘的窗戶所看到的，讓我重新憶起某些夢境的風景，夢境的手法既全面又有代表性，勾勒出我卑微生命的輪廓。

誰沒這樣渴望過？每個人都想，因為還有什麼更甜美的，比起找到一個倒楣鬼，將他逼到牆腳，要他將所有小故事全盤托出……將他的一生、他的慾望、他的夢想、他的罪行和糾葛，全都攤在檯面上。說不定有人願意掏錢呢，只要是半價，或甚至是免費奉送！看，這是我的故事，輪到你如此說，為的是紀念我[1]：「我……」

但事實上，我不知道我是否想說這個故事；我想我寧可聽別人的故事。對，我想要的，是一個永遠不會被打斷的聲音，無止無休地傾訴，向我訴說它的故事，讓我平靜下來，讓我入眠，讓我能從自身中得到休息；一個神聖或是醜惡的聲音，都可以，只要它不住嘴，無窮盡地說下去就好！

我說話，是為了填滿寂靜。世上的寂靜令我恐懼，因此我開口說話，擔負起為這世界填滿空洞的角色。我忍受不了空寂，沒有人忍受得了，我肯定，

1 此處敘事者借用了聖經中耶穌的話，在受難日前，最後的晚餐時，耶穌剝餅遞給門徒後說：「這是我的身體，為你們捨的，你們也當如此行，為的是紀念我。」

不管他們怎麼說。

總之，我要講述我的故事。但要說哪個故事？說實話，我沒故事。就我記憶所及，從來就沒什麼事發生在我身上。我的生活一直都是一個樣子。確實，在回憶中我看到一些景象，一些地方，一些人，但在這一切之中，我自己的生活，卻像是一個近幾空洞的房間：幾件隨處可見的平凡家具，與其他地方相同的日夜交替，不同季節的特殊光線，緩慢褪色的壁紙……什麼顏色的？我想不起來！

你去過橘園美術館[2]嗎？在那兒有一幅馬蒂斯的畫，題為〈小廳〉（le boudoir），畫的是一個房間，陽光充足耀眼，以至於房裡每樣東西都逐漸褪色，近乎消失，只能見到幾片玫瑰黃和淡藍的痕跡。我情願是那畫中的其中

---

2 L'Orangerie，專門展示印象派和後印象派作品的美術館，位於巴黎協和廣場，塞納河畔。

一個仕女，哪個都好，不論是站在窗邊的那個，還是慵懶地坐在扶手椅上，膝上躺著一隻貓，緩緩睡去那個。

當然啦，有時候——極少的時候——還是有事發生：一樁事件。例如，我們的相遇。當時我陡然一驚，像是突然被搖醒：我嚇了一跳，揉著雙眼，但是夢已遠去，從我靈魂裡逃脫——抓不回來了！它已在霧裡深處。它從對岸朝我招手示意，那個太陽為自己鋪設溫軟被褥之處，那個萬物在開始前便已安息之處。

風景……安傑洛，我一定能為你至少描繪一幅風景，那些對我而言如同誘人的牢籠般，讓我不得不停下腳步，造就了今日之我的各樣風景中的一幅。

我最喜愛的、理想中的風景，該像這樣：一片覆著雜草的荒涼海岸，光滑如木板，向外延伸，直到消失在視線中。野草被永無休止的狂風壓倒在地，隨著天氣、季節與時分變換顏色：一時深藍而沉重，一時又黃橙而乾枯，彷彿就要猛然起火，但卻未曾真的燃燒。天空像是抽象的旋轉木馬迴旋著。雨水如神聖的慶典隊伍般造訪，搖曳著它們閃亮的燕尾服下擺，任由它們珍貴的大衣在塵埃中拖行，再冷漠地朝外海遠去。造訪此地的月亮慵懶地躺著，而在無月的夜晚，星光在草葉中鳴叫，就像海中迷途的蟋蟀。偶爾，野雁會從晨霧中浮出，飄落飽餐一頓，又朝遠方的海岸倉促地離去……

我從未見過那樣的風景，但我願是那草原上的一株青草：低矮的、被鹽僵化的青草，伴著淡綠色的小花，天真無邪地將它們雄蕊的珍貴餽贈送入永遠冰冷的風中，藉著其他相似花朵的恩惠受孕，並繼承了平和的成熟豐美作為榮耀的冠冕。一株草，生於對太陽的單純渴望，死於順從的和解。

但既然我是個人類，既然我無法變成一株草，至少在此生結束之前不會，我至少可以住在這片草原上，依照人類的法則，踐踏這株倔強的草，不管怎樣，它終將得勝，這株草會活得比我們和我們的美夢都更長久，在某日對天空高唱傲慢的勝利凱歌。

（渴望有份於植物的王國，事實上是渴望加入最終勝利者的陣營，強者中最強的；我背叛了我可悲的族類，出賣他們溫熱的血液，好換取青草醉人的美味汁液！）

在這片草原上，可以最少有棟房子，完全潔白的立方體，裡面只有一個房間，每面牆上都有窗戶，這樣白天與黑夜便可毫無阻礙地穿越，不會苦等在某個充滿陳舊暗影、陰鬱和刺鼻灰塵的角落。早晨我歌唱著在曙光中轉醒，在體驗了一整天的喜悅後，便能在夜晚墜入睡眠的深淵。

嘿，我已經看到你那嘲諷的微笑！原諒我，我確實已岔離了真相的道路。我沒跟你描繪我穿越過的風景，卻跟你說了一處沒人見過也不會有人見到的地方。再者，我撒謊了，連那些夢都是；因為這純淨的理念，我必須馬上補上——更確切地說是吼出另一個夢，另一個它的雙胞胎，甚至不是它的對偶——不，是它的配偶，它的皮膚，它的寄生蟲：這另一種慾求，對塵土與污泥的慾求（草不就是從塵埃和腐爛中長出來的嗎？），一種難以抗拒的、想被玷汙和弄髒、被侵犯和狂暴撫弄的渴望，讓自己縱身於歡娛與痛苦的溫熱捆縛，渴望品嚐你的精液，安傑洛，看是否像草的汁液一樣甜美。

如果在我這一生中有哪天是我清楚記得的，那便是我在巴黎北站[1]購買前往阿姆斯特丹的火車票那天。我和法蘭茨約好了在阿姆斯特丹的一座教堂旁邊碰頭，而在那之前數日，我決定要去買火車票。那是個例假日，周末連續假日的第一天。我清楚地記得路人驚懼的眼神：那些日子裡，人們不知道該做些什麼，出外只為了塞滿步道和舔櫥窗[2]，一如這裡人的精準說法。

對了，那天應該是耶穌升天日[3]。我查過日曆。在那個遙遠的年代，在那個我曾漫遊其中的已然消逝的國度，村裡的女人們會說（今日可能也還這麼說），升天日那天連草都不長，這個節日就是這麼神聖，那是天國的門大開，死者逕直走入天堂的日子。

1 Gare du Nord，巴黎的火車站之一，以下簡稱北站。
2 法語，lécher les vitrines，意指瀏覽櫥窗。
3 L'Ascension，根據基督教義，此乃耶穌升天的日子。因為復活節在星期日，升天日則在星期四。

噢，安傑洛，要是我在那個寒冷又陰森的周四升天日之前遇見你就好了！一切都會大不相同。我不會在北站買下那張車票，因為我會隨著你進入一家昂貴的咖啡館，年輕俊俏的服務生會像修士般倒酒，升天日的陽光會閃爍在露天座位上，將所能想像的最大歡快撒在一切的受造物上！

但不，你出現的時機尚未到來。天國的大門緊閉，而我在北站的售票窗口前排隊，等著領取我的命運，照規定編號、蓋印、結帳，直到打票上車。

詭異的是，我仍然生動地記得那一天！例如，我記得又看到了那個年輕的羅馬尼亞女孩在地鐵裡乞討。她少女般的身軀如火柴般又瘦又長，頭髮糾結成一大團長髮辮，日復一日，在同一群觀眾前，用單調的聲音重覆著她千篇一律的聖誕頌歌：「先生太太好，我是羅馬尼亞難民，有兩個弟弟，爸媽沒工作，拿不到錢，請給一些小銅板或是餐卷，讓我弟弟可以吃，我先謝謝你們……」她覆誦這個段子，總是帶著相同的口音，犯相同的錯誤——她明白自己在說什麼嗎？——然後她穿越整個車廂，伸著過長而瘦骨嶙峋的手，裡面晃蕩著兩個叮噹作響的銅板。我從沒見過任何人給過她任何東西。她挺醜，同齡女孩經常是這樣，一點也不動人；她能喚醒誰的憐憫呢？

在下一站，取代年輕羅馬尼亞女孩的是一個老人，自稱是南斯拉夫[4]難民，用手風琴奏著悲傷的曲調，以一種全然機械而冷漠的方式。也許他除了這首曲子沒學過別的。同時，他的兒子穿過中間走道，隨著節拍搖著一只塑膠杯，裡面裝著幾個銅板。沒人給他們什麼東西，但整天下來他們應該多少收集到一些錢幣。

我也是，一毛都沒給。一開始，我不知道怎麼拒絕，特別是在路上被當面乞討的時候，因為當我口袋裡有錢的時候，要怎麼說我一無所有呢？現在

4 Youggoslavie，一九二九年建國，幾經更迭，於二零零三年取消國名，後又經歷蒙特內哥羅自科索沃脫離獨立，已解體。

我學會了，該做的是把視線挪開，搖頭。況且他們也不再像過去一樣糾纏我了。這真是瘋狂：這些乞丐在路的另一頭就已經在瞄準鏡裡挑上了我，他們從遠處就聞得出好捉的獵物！

在車站的書報攤上，我買了份《解放報》[5]，幸好我有買，因為窗口前的隊伍長得沒有盡頭。緊鄰在我跟前的一個黑人等了至少一刻鐘才買到他的票。我不知道他想去哪兒。這兒的報紙很厚，很適合拿來消磨生命。等我們讀完報紙，夜晚也已近得多了。

我連頭版的粗黑大標題都記得：身分檢查升高[6]。為了消磨時間，也出於職業習慣，我琢磨著該怎麼將這個帶著優雅諷刺的標題，翻譯到那遙遠

---

5 Libération，法國重要報紙，立場中間偏左。

6 L'ASCENSION DES CONTRÔLES D'IDENTITÉ。Ascension 同時有上升與耶穌升天日的意思，此處為雙關語，亦可做「身分檢查的升天日」解。

的鄉下方言，也就是我得翻譯的那些詩，那些老頭們所用的語言。這根本不可能！

昨天，我見識到了這份報紙上所宣布，已然升高的檢查。警察在龐畢度中心的四周，給攤在路上的毒蟲、衣著破爛膚色略深的人、像流浪漢的人、還有普通的可疑份子搜身。當我在他們中間篤定地穿過時，我感到一股確鑿的狂喜，一種勝利的感受：噢，要是他們知道從他們網底逃脫的是怎樣的一條魚就好了！但是，沒人追查我，什麼也沒發生，我早已丟了那份印著法蘭茨訃文的報紙，我的證件也齊備。確實，我在阿姆斯特丹的時候沒有簽證，在回程的時候，法國警察檢查了我的護照，但他們卻已無話可說，儘管那是張東歐的護照；他們將它從臉前拿遠了看，彷彿那是隻沒人見過的動物，會咬他們一口，或是將惡臭的液體噴在他們的制服外套上。

但是，在那個五月的星期四，我還在北站的窗口前等著。在排隊前，我已經仔細檢查過在窗口跑馬燈上魚貫流過的發光字母：我總是害怕排錯隊伍，或總的來說，位於不該置身之處。就算在應該待的位置上，我也不曾安心：如何確定我們真有在那個地方的權利？同樣，隔壁窗口的上方，一串光點排字顯示下午一點將關閉窗口。已經超過一點了，但所有人還是平靜地排著隊。當那個櫃員想要關閉窗口的時候，引起了好大一場風暴。人們幾乎要赤手空拳撲到他身上，要是他們搆得著的話；而既然做不到，他們甚而幾乎要互相廝殺，好伸張自己的權利！

在這裡，人們都習慣覺得自己有權有理，對此我無法不感到難以理解。然而我不反對自己屬於這些有理的人，每周到大潤發超市[7]血拼，在推車裡堆出山一般高的瓶裝水、滾筒衛生紙、洗衣粉、肉醬、乳酪、玻璃紙包的麵

7 Anchan，法國連鎖賣場，進駐台灣後名為大潤發，在大陸名為歐尚。

包，然後在北站辱罵售票員。但我現在練習可能已經太遲了，此外這也沒太大的意義，因為我不相信我美妙的權利能撐多久——但他們的難道就真是永恆的嗎？

在回家的路上，我在地鐵裡見到一個懷胎七月的白種女人在乞討，可能是法國人。因為她抗議般的執著請求，人們給她錢了。就連她都有強求的權利！

那天我還記得，在回到這兒的路上，在旅館或是公寓樓下，我買了兩個代幣，將我的衣物放到洗衣機裡清洗，我還吃了在阿拉伯雜貨店買的東西。吃太撐了，我便決定去睡，醒來時，我就不會想繼續存在。

但我不能死，因為在口袋裡我有張前往阿姆斯特丹的車票。因此，在死之前，我得將自己送到阿姆斯特丹，好讓所有預先規畫的罪行都能完成。

我甚至記得那天晚上我做的夢：我們正在埋葬一個男孩，而他在棺材裡應該要微笑，所以我們將他兩邊嘴角向上拉，然後再快速地將白布蓋上，但當我們向下一看，他臉上只有可憎的勉強苦笑。這重複了好幾次，直到那男孩受夠了，跳出他的棺材，跑了。

好多時間過去了。

這句子不荒謬嗎？過去哪了？還有，是多少時間？

那是昨天，是此刻，或是五年前，我記不得了。總之，這些時間裡我沒寫信給你。我剛讀完這些信。它們似乎很幼稚，又很確實。一切就是這麼發生的。一切總在發生，如同我將其寫下自己卻毫不相信。我寫著，像正做著夢，發著瘋，然後，一切不知怎地就成真了。莫非是我讓它成真了？亦或一切未曾發生？

我給你寫從不寄出的信。寄給你的那些，不過是原信的摘要，是乏味而矯揉造作的重述。我甚至不完全知道自己寫給你的是些什麼。一旦把信放進郵筒裡，我便將它們忘得一乾二淨。有時候，我會查驗壓在下一頁的信紙。原子筆的壓力，肌膚的重量，在紙上留下了近幾難辨的痕跡。我猜到的，是我不認為我的手寫過的字。但那些我在現實中每天寫給你的信，我興奮地儲存在這台機器的記憶體裡的信，卻什麼也沒留下，連條淡淡的痕跡也沒有。它們多輕盈啊！它們僅存在於我完全無法理解的數位概率形式中。有天它會自行刪除，或者我可以將其刪除。

這就是發生在法蘭茨身上的事。電話在他的公寓裡響起，但他卻沒拿起話筒。至於我，則動也不動，也不去接聽，因為這只會是找他的：某個人相信他可能會接起來，如同他向來所做的一樣，但他再也不會接電話了，計算出錯了，在「一」之處應該是「零」。那電話應該還時不時會響起，要是沒被斷線的話。某人還相信那話筒會被拿起，有人會回應。不是每個人都看報紙的。

而我，我相信的是這些信還在磁碟機裡的可能性，相信我真的活過，開口過。

阿姆斯特丹。我應該有能力描述一下這個城市，但我留下了什麼記憶呢？我真的在那兒待過嗎？沒有任何證據：沒有照片（我旅行時從不拍照，就算拍了，我也從不將底片拿去沖印，並在幾年後全都丟掉），連一張在我旅行袋側邊口袋裡的車票都沒有——我檢查過了：這張票應該能喚醒我的一些回憶。

但在火車上我倒是仔細地看著窗外。對，這我記得很清楚。我看到了一大片牧場，被滿水的溝渠分隔成方塊。母牛都被困在其中一個方塊裡。我不知道牠們是怎麼進去的，也完全不知道牠們該怎麼離開。牠們肯定不能從溝渠上面跳過去，而牠們已經吃光了那方塊裡好大一片了。那方塊看來很醜，稀疏淡黃的草，下面還看得到地皮，加上不規則的綠色草叢，就像患病後頭髮逐漸脫落的頭皮。有隻母牛跪在溝邊貪婪地吃著水邊長得更加茂盛的青草。

接著我看到一叢赤楊木急速掠過，樹葉在陽光下閃爍著。然後是一個胖魚夫，手持釣竿坐在水塘邊。他的小白車停在一旁，在田野的邊上。我自忖他是否釣到魚了。

無論如何，那一定是荷蘭。景色之醜令我癡迷。整個旅程中我都看著窗外，而且回程時我一定也是經過同一條路，因為我記得有兩回看到了同一座風車，或是什麼類似的東西。扇葉已經生鏽傾頹，多半已轉不動了。

你瞧，一旦我開始挖掘記憶，便記起了許多，甚至太多！我還從那兒寄過一張明信片，上面印著一輛自行車斜倚著橋邊的欄杆。在背面我寫了：來自一個城市的問候，歐洲在此告別自己，起錨航向西印度或東印度、向蘇門答臘、蘇拉威西島[1]、或火地群島，哪兒都好，只要是遠方。然而她卻從未

1 Célèbes，舊譯西里伯斯島，位於印尼東部的一個大島嶼。

離去：告別的手勢仍在空中繼續漂蕩，船錨轟隆一聲再度下沉，而她仍留在原地苦等，這古老的歐洲，她在運河邊的紅磚房前，為夜晚擺出幾張老椅子，視線因啤酒蒙上一層薄霧，或是因為我從下火車起就一直被強迫推銷的東方草葉而朦朧。濕冷而腐敗的氣味從運河中升起。葉子在樹梢上蒸騰。腳踏車鈴響起，在您背後，您陡然一驚。您快速閃開，而騎自行車的人——這座城市裡輕靈的幽魂之一——急速從您身邊呼嘯而過，嘴角掛著甜蜜的獰笑，肯定正在前往犯罪現場的路上。

就是這個，犯罪現場！因為對那些錯過了大探險的人而言，還剩下什麼呢？只有苦澀的悔恨，為了再也無法獵殺土著或是大象、洗劫寺院、焚燒城市……這沉默卻蝕人的苦澀，日復一日將他們推向犯罪。他們就像夢遊者一樣。他們也坐在自己的屋子前面喝著啤酒，或是打著領帶進辦公室，或是和他們的孩子在公園裡散步。但要是你突然叫住他們，一切急轉直下：他們會掏出手槍，投出炸彈！

我記得這甜蜜。我們坐在運河邊，法蘭茨和我。那時已是傍晚了。陽光順著水流閃耀在我臉上，讓我更加暈軟昏沉，如同我們喝的紅酒，和那份甜椒辣口的義大利菜。附近教堂的鐘樓，每過一刻鐘便悠長地響起，奏著一曲悲傷的旋律，但曲子只是近幾成調。

法蘭茨已摘下了他的黑框眼鏡。那是個寧靜的地方，只有我們倆坐在這間餐廳的露天座位。儘管太陽照得我目眩神迷，我還是看到了法蘭茨用那令我厭惡的，迷霧般的順從眼神注視著我。我受不了被愛，太難堪了。侍者走近我們桌邊——一個捲髮、深色眼珠的義大利男孩，很典型的長相。我看著他的眼睛，他回了我一個有默契的微笑。法蘭茨的椅子就在運河邊。我只要起身推他一把，就夠了。我微笑地想像著：他跌落水裡時，雙手會如何絕望地拍打空氣，那個義大利侍者和我又會如何擁吻；在這餐廳後邊，他的落水不會引發任何後果。我們又將如何分掉法蘭茨的錢，因為他的錢包就放在餐桌上。我對這些錢沒什麼興趣（但那個義大利人，沒錢他願意吻我嗎？）。要是我覬覦那些錢，那主要是為了盡義務，讓我能符合一個真正東歐人的形象。讓我最終背叛法蘭茨對我展現的殉道者般的信任。

而法蘭茨自己開啟了這個話題：藉葡萄酒壯了膽，他再次開始他最喜愛的話題：道德的相對與虛偽。這問題他精通得很。大約二十年前，當他還是個年輕的大學講師時，這是他最愛的戲碼：用來勾引那些出身良好、張大嘴巴盯著他看的學生。

靠運河邊的另一張桌子，坐著一對看來十分傳統的中年荷蘭夫婦，穿著昂貴卻沒品味的衣服。

「真相是，」法蘭茨說道：「我敢肯定，他們兩個都會很樂意把對方推下運河去。」

不是嗎，安傑洛？這全都是法蘭茨的錯。「為何被他選上的是我？」我自問，當我在那間運河邊的餐廳裡，越過桌子觀察他的時候（瞇著眼，佯作是太陽的緣故）：這個優雅的、聰明的法蘭茨，鬢角灰白，因訓練而依然年輕的身體，穿著昂貴而講究的襯衫，身披香水，總讓我想起和他一起在羅浮宮裡看過的那個年輕法老的木乃伊。他為什麼要選上我當他的犧牲品？他大可選擇任何其他人，像是他的學生中某個俊美的男孩或是貌美的女孩——我相信傻瓜總是有的！但不，他非得要一個從東歐來的，因為還有誰會虔誠地聆聽他那顛覆性的論調呢？在這裡，誰還會對這由解構的趣味所養大的哲學、或甚至是任何哲學有興趣呢？在這個許久之前就早將一切拋入天際的地方！毫無疑問，就算是他最勤奮的學生，在史特拉斯堡，也會把他當作一個詭異的史前生物。他們聽他的演講，因為需要知道這些好準備考試，好在人生中超前，然後戴上耳機，重新沉浸在 U2 的音樂裡。

而我呢？我從沒跟他說過我有一台隨身聽和一卷U2的錄音帶，那會讓他感到痛苦。如同一個好東歐人該做的，我睜大了眼睛聆聽著他挑釁的觀點，關於自由，關於傅柯和德希達——我怎麼會不聆聽呢？特別是在這間充滿了尊貴老朽歐洲萎靡魅力的餐廳中，等待珍饈晚餐的時候。我聆聽著，像個聆聽恩客說話的交際花，像個婊子！整個東歐都變成了妓女。政府、大學教授、到最年幼的售報童，全都準備好了要聆聽關於民主、自由、還有其他任何您想得到的美好論述。是什麼論述一點也不重要，客人就是皇帝！只要他付錢就行。

我們是有文化的，我們不是黑人！在從阿姆斯特丹回程的火車上，我對面的位子坐了一個黑人，穿西裝打領帶，大肚子從褲子上溢出。他話很多，很快就對我宣稱自己來自喀麥隆，住在加彭（或是反過來），經商，去過米蘭、漢堡、阿姆斯特丹，正要取道巴黎回馬賽，在四星級旅館睡覺。「歐洲生活很貴！太貴了，噢！」他叫到，用嘴巴做鬼臉表示不滿。在非洲，一切都便宜得多；況且他也想早點回去。他看了窗外一眼說，在他看來，荷蘭不過是個大窟窿，除了隨處可見的水之外沒別的。「這裡肯定沒有野生動物。這一定是個貧窮的國家！」

在布魯塞爾，他想打開窗戶拍照，這樣他在老家就可以展示給人看他去過布魯塞爾。但窗戶開不了，火車上有空調。快到終點站時，冷氣停止運轉，這下全車的人都想打開窗戶。車上沒空氣可呼吸，而且開始變得很熱。

對，我們是文明的。我們知道歐洲是什麼。我們讀過傅柯。我們再也不把紙鈔成綑塞在短襪裡，像這個喀麥隆或是加彭來的黑人一樣——他在兩隻水兵藍的襪子裡各藏著方形的兩大包，而當他要跟流動攤販買可口可樂時，他從裡面拿出一綑鈔票，再從中抽出一張一百元。

而我們，我們把錢放在衣服內側口袋裡，或甚至是放在銀行戶頭裡，但這對我們沒什麼幫助。在這兒，在公寓裡，我看夠他們了，這些東歐佬。多得很，應有盡有：波蘭佬、捷克佬、羅馬尼亞佬。我老遠就聞得到他們的味道。在公園裡，要是可能的話，我會轉到別條步道上；在地鐵裡，我會進別間車廂，而他們也做一樣的事，因為所有東歐佬都彼此厭憎。

無論如何，我終究沒將法蘭茨推落運河裡。在開胃菜與甜點之間，鐘又唱了好幾回。葡萄酒後勁開始上來了。那是瓶一九八六年的酒，我又想起那年的春天：當那些葡萄在義大利某處生長的時候，我還全然無知地漫步在另一個世紀，在一座鄉下的古老墓園中，在檜木林與丁香花之間，傾斜的金屬十字架和石碑沉睡著，你可以在上面讀到：「我仍活著，並未死去」（在那時候，我試圖想像自己相信上帝的慈悲）。這個墓園應該一直都在那兒，在地上那個屬於它的角落，伴著那間寒冬過後直到盛夏都和墓穴一樣陰冷的教堂，人們會在五旬節時帶來白樺枝，為教堂增添香氣。我很樂意相信，在那兒，至今還有人會擔心他們母牛的牧草，或是他們的小釣船，並從瑞典遊客手中接過銀錢，帶著親切的微笑，像是他們幫了一個大忙一樣——而他們確實是幫了大忙。

我還記得，太陽消失在房屋後面，運河的水變得陰沉，那個義大利侍者端上桌的，是燃燒著的冰淇淋。

突然間我對任何事都不再感到確定。這一切是真的嗎？那間火車包廂？那個坐在我對面從加彭或是喀麥隆來的黑人？那些挖掘鬱金香球莖、跪在平坦無垠田園裡的人？那個穿著花里胡哨棉布洋裝的老女人，腳步倉卒地從農地走來，駝著背，為了做菜來園子裡剪洋蔥葉，還是要來看那些雞是否正在胡鬧？我真的看過這些人嗎？

亦或我就在這些人之間？我也跪在田野中，用指甲刨著塵埃飛揚的大地，任由太陽鞭苔？

我記得的第一個風景，那片不論何時都能證明我曾經活過的風景，嚴格地說，不能算是風景，而是一片天空，一扇窗框起來的一方天空，裡面有冷杉樹梢和松枝。

祖母和我坐在桌前，我們正在用餐。廚房的窗戶很高，人行道離牆很近，以至於即使坐在桌前也看不到從房子前經過的行人，儘管我們就住在一樓。我祖母時不時會不安地問：「那是誰？」她覺得路上有人經過，正走向友誼大道，或是前往蔬果超市，但她無法將脖子伸得夠長夠快好看清那是什麼人。這時我就該一躍而起，前去查看：「那是克勞貝爾克太太，奶奶。」（我祖母這時就會評論：「噢，是那個老母雞克勞貝爾克啊。」但我不可以這麼說，儘管我也這麼認為；事實上，在她的信箱上寫的是「塞尼・格勞貝爾格」）或者是卡拉太太。就我看來，卡拉太太是個真正的女士，因為她穿著銀狐皮圍領的短外套。幾年後，壞疽病侵襲了她一條腿，人們傳說她一直坐在輪椅中，不停喝酒，「因為那很痛，」而且她的房間臭得要命。

如果不是老克勞貝爾克也不是卡拉太太的話，那就是隔壁的俄羅斯太太，或是不認識的人。或者，在必要的時候，會是瘋貓米耳飛，牠患了癲癇，會跑到我們家裡，大叫明天就是棕枝主日[1]——但牠還是不要進來比較好，因為據我祖母說，牠會突然在廚房裡跌倒在地，口吐白沫。這是我會想親眼目睹的戲碼。除了這個，米耳飛一點也引不起我的興趣。我已經看過牠好幾次，而牠總是一個樣子：胖臉頰，濃密的棕毛。

而從廚房窗戶看到的那片天空，從來不是一個樣子。

有時候，我祖母會放下湯勺，說：「你在那兒看什麼？什麼怪癖，吃飯時看窗戶？快吃，要不然等會兒涼了你又不想吃了。」

1 Rameaux，是復活節之前的主日，聖周的開始，據稱耶穌當年就在這天騎驢進入聖城耶路撒冷，民眾手持棕櫚樹枝歡迎。

我在那兒看到什麼了？我似乎瞥見了我一生中所有的面孔與風景。我之後所做的只是和它們重逢，重新認出它們。食物早在好久以前就已冷掉了，該丟了，但再也沒有人提醒我了，因此我繼續，像是我還有什麼東西好看或是等待一樣。

我也沒將法蘭茨推下電車，儘管那應該很容易，因為阿姆斯特丹的電車，和我出生的城市裡那些晃個不停的愚蠢電車完全不同。它們和那些單車騎士一樣，如鬼魅般在街角突然安靜地出現，最後一刻才響鈴，極速穿過橋梁，像是未曾存在過。

夜晚，我在我們的旅館房裡醒來。我聽著法蘭茨在睡夢中呻吟磨牙。我知道我應該可憐他，只要握著他的手就足以讓他安靜下來，但我一直沒法做到，因為他無意識的受苦令我厭惡，彷彿那是我的痛苦。噁心的感覺讓我無法入睡。外頭天開始亮了。烏鶇開始在運河邊的樹叢裡歌唱。有幾次，我聽到行人在路上用荷蘭文叫囂，橋上傳來一聲笑，還有人竊竊私語，就在窗戶下方。

電車的第一聲鈴響宣告一天的開始。太陽現身。一切都安靜了。就連法蘭茨也沒發出一丁點聲音。我突然又能夠原諒他的一切了。厭惡消散，被睡意給取代。

在我記憶裡，剩下什麼呢？在運河黝黑的水面上駛過的遊客船，或者應該說是水沿著船的側邊長長地滑過，以及兩旁稀奇古怪的房屋，像是歡樂的遊行隊伍般穿流而過，屋簷上鑲著魔幻的雕像：大理石雕的怪物或是神靈，依稀閃爍著天空的微光。

霎時間，船駛入大海，浪拍打著船身，神靈的雕像讓位給寬廣的狂野天空。一個大浪襲來，將我們全都捲入水底世界，我們今天所在之處。

亦或，沒有其他人在這裡？只有我被浪給捲走，消失在寂靜的深處，而法蘭茨和其他乘客還在水面上繼續擺盪？或者，相反地，是他離棄了這個世界，將自己拋進了深淵？

我從哪來的想法，認為法蘭茨作為人存在過呢？也許他是個水底生物？在史特拉斯堡也有運河，應該會以某種方式連到阿姆斯特丹，因為我在那兒看到過一艘船，登記的港就是史特拉斯堡。或許法蘭茨決定直接回自己家了？

但不，那應該是歐洲宮[1]裡的空調冷氣所生成的飛行生物，因為就是在那兒，他出現在我面前，遞給我名片，堅持要我在周末打電話給他，那時他會在。說實話，我早就見過他，在那個星期。他主持一場為東歐譯者舉辦的座談會，在會上，我努力抵抗著睡意、窒息和汗腺，深怕我永遠無法逃出這個恐怖的墳墓，裡面有打著領帶的幽魂在走廊上滑行，像是塑膠魚在權力的虛幻糖漿裡，在絕對擴散的濃密之處：只要打破魚缸，打碎玻璃罩就夠了……

法蘭茨，對我而言，也是個近幾虛幻的形象，他的出現像是直接關聯於空調的空氣，這腐蝕性的瓦斯緩慢地銷蝕肌肉的實體。要是在路上遇見他，我可能會害怕，就像見到一個鬼魂。但我將卻他的名片收到口袋裡，讓他長出了骨骼和肌肉，像是在解剖學的課堂上，我得穿過他的皮膚和肌理去認

---

1 Palais de l'Europe，位於法國史特拉斯堡，自一九七七年以來，便是歐洲委員會（Council of Europe）的所在地。

識，好帶著驚奇發現到一個歐洲人，這些漂浮在我身邊的完美鬼魂中的一個，事實上卻不過是平庸而可悲的活物。

而終有一天他會連這都不是：他會成為在早晨報紙上的一點墨跡，到了夜晚便被扔進垃圾桶裡。

今天我整個上午都賴在床上，抽著菸，想我該穿什麼樣的衣服。外頭的天氣冰冷、灰暗，吹著風，白蠟樹的枝椏在窗外搖著。大半個房間隱沒在黑暗中。我喜歡這個地方，這間旅館，或是宿舍。這是個可以讓人消失的地方，讓我感到像是在世界的盡頭。想像一下，我房裡有個桃花心木五斗櫃，我躺著的床也是桃花心木的，有床頭板和旋鈕。這房間可能屬於十九世紀，我也是，可能也屬於十九世紀。我願十九世紀快來，但願我不用等太久。

我首先想到的是那個時期的衣服，但我能想到的只有昨天電影裡看到的那幾件。有個棕髮女郎在連身裙底下穿著一整套硬桿子製成的架子。還有一整套的襯裙和馬甲，以及其他我不認識的東西。要脫掉這一身行頭得花上無窮的時間。在某個場景，為了逃離某個追趕她的男人，她得爬過爛泥，鑽過藤蔓，穿著這一身衣服和架子！

接著我想到了現代的夏季服裝。該有藍綠粉彩和珊瑚紅鈕扣，還有相同顏色的絲質布料：粉色亞麻和深紅似火的絲綢，繡上有毒的花朵。永遠要用絲和亞麻，亞麻和絲！還可以有副太陽眼鏡。香水：地球男香[1]。當然啦，這並不是一款最新流行的香水，但它讓人想起扁柏和大黃的香氣。為了搭配這一身，還可以有個男人，戴著太陽眼鏡和自我中心的性感嘴唇，傲慢地開著他的銀色跑車。我讓他載我到坎城影展，當場甩掉他，對他的拜託和哀求置若罔聞，因為在那兒我有更大的魚要釣。

可惜的是，我錯過了，影展昨天結束，如此一來，這一切還有什麼意義？我昨天看的那部片，《鋼琴師和她的情人》（The Piano），得到了最佳影片還是什麼類似的獎項。劇終時，那架鋼琴躺在海底，在絕對的寧靜中。這讓我想起了法蘭茨，或是我自己，在水深處，在絕對的寧靜中。在

---

1 Le Globe。

一片黑暗中。

事實上，法蘭茨給我買了件銀灰色的絲質襯衫——顏色很入時，但我不怎麼喜歡。那是件超市貨，庸俗而廉價。剛開始，在這兒的櫥窗裡的一切，看上去都很美。現在我明白了，這不過是些次等貨，只配丟到垃圾桶。在聖歐諾黑路（rue Saint-Honoré）的櫥窗裡，偶爾可以看到好看的衣服，但一件上衣值好大一筆錢，讓我什麼都不想要了。我寧可穿黃麻布或是波羅地卡（Baltika）製的破爛舊衣。我不計代價想避免的，是看起來像是我在這邊見到的那些東歐佬，在聖米歇爾大道上買些嚇人的爛貨，神氣活現地穿著到處走，像是從七重天下凡一樣！就算抓一個阿拉伯石油酋長、或是俄羅斯移民的猶太老太太來，讓他們幫這些東歐佬從頭到腳穿上凡賽斯或是哈班[2]的衣

2 Rabanne，通常被稱為 Paco Rabanne，西班牙裔法國設計師。

服，我也能認出他們，因為他們不知道該怎麼穿這些衣服，總會有些蛛絲馬跡洩漏他們的底細！像我一樣。

接著我為自己想像出一身完全瘋狂的打扮。首先，我得把頭剃光，在頭上套上一頂鮮紅色的假髮。鼻子上：鍍金鏡框的小圓眼鏡。深綠天鵝絨的短外套和長褲。我會把食指指甲也塗成深綠色，並在指頭戴上鑲著祖母綠的黃金戒指。我深紫色襯衫的領子要用鑲鑽的金色蜘蛛形夾子扣上。穿在腳上的，得是有鑲金鈕釦的長筒靴。白天我不會出門。晚上，我會坐在歌劇院的第三排，獨自一人，輕蔑地大打呵欠。演出中途，我便離席，好去地鐵站會我的愛人，一個骨瘦如柴的毒蟲，眼睛又大又黑，肯定有愛滋病，但我們不在乎，我們會快活地扎同一根針筒。

我還想像到一件方便的衣服，以防萬一我得跟法蘭茨一起生活——他可巴望得很。我會在那個神聖的廚房穿。自動洗衣機會一直清洗，直到什麼也不剩下，然後在某個晴朗的日子，我將會全裸去市場買香蕉。

你打電話給我的時候，總會在結束時說：「吻你。」當然，除了D在旁邊的時候。你這話說得像是真的在吻我一樣，甚至比真正的吻還要美妙。我不認為親吻有多重要，但能把吻說成這樣，這已經無人能及了。我很驚訝自己對於D竟然沒有絲毫醋意，既不認識他，也不想認識。也許我不愛你，這絕對可能。就這點而言，我愛這個不愛。我想跟你說話。我做了。這麼做，讓我有輕緩地遠離人類世界的感覺。許多事於我已然細瑣而無謂。我甚至對於自己曾經賦予它們如此這般的重要性感到驚訝。昨天你在電話上對我說：「我不是東西。」我回答：「我喜歡你的不是東西。」[1]我說，最好的不過就是這樣了。然後我們至少有一分鐘不發一言。甚至連我們的呼吸聲都聽不到。彷彿這些話成真了，在電話兩端沒有任何東西。你可以想像一個法國人在電

1 原文為法文：Je suis nul./J'addore ta nullité.。此處一語雙關：法文字 nul 是「無能的，無價值的」之意，但也是「不存在的，沒有的」之意。

話上維持一分鐘不說話嗎？

安傑洛，我仰慕你不是東西。要是你知道他們讓我多厭煩，多噁心，這些算個東西的人。

你記得嗎？在電話裡我說過，我逛過一次美術館。對，在幻想過所有的奇裝異服，並抽菸抽到噁心之後，我拋下我的床鋪（我祖母老是說：「別賴在床上！」），開始活動起來。我沖了個澡，穿上那件銀灰色的襯衫。說到底，它還不算太差，可以搭配一個深紫色的珍珠，時下人們佩戴的那種，特別是我有曬成淡褐色的皮膚。我在萼酥璃公園做日光浴，在池塘邊。在那兒有許多的軀體，許多的椅子，都被緊擁在濕熱的空氣中。有時我不知道這兒是什麼誘惑了我，是孤單的慢跑者，還是掠過身邊的開了花的樹。

接著我遲疑了好半晌，不知是該拿我那鑲著金釦環的深綠色公事包，像去圖書館裡查論文做筆記的那些極端嚴肅的傢伙，或是該空手出門，像個自由而獨立的人一樣（「但我晚上已經有人約了，別胡思亂想！」）。那個公事包是法蘭茨給我的禮物。他的品味不差——應該說好得有點過頭了！

在這座城市裡，每個人都會用某種方式展示自己好供人觀賞，除了少數幾個剛從現實世界來的人，就像你，安傑洛——但人們最愛看的就是這些人。有一次，你揚著平靜而邪惡的微笑，建議我用窺淫來消遣。

「巴黎人多少都是窺淫狂。」你說。

其實你不需要如此提議，我剛到這兒不久就開始這麼做了。地鐵特別適合用來培養這種癖好。所有人都互相窺視，只要車廂不要過分擁擠，因為某種距離還是需要的。昨天，在回家的列車上，我對面坐了一個衣著體面的年輕經理，是個高個子男孩，有波浪形的頭髮、尖刻的眼睛，和我會樂於親吻的豐厚嘴唇。我佯作漫不經心地看著他的眼睛。他轉過頭，彎下脖子，嘴唇輕觸他淺綠色喀什米爾西裝外套的肩頭，用舌頭迅捷的動作舔掉一個不存在的碎屑，完全就像動物，像狗或貓會做的一樣。他和我在同一站下車，然後沒入一棟辦公大樓，手裡提著公事包。

最後我還是沒拿我的公事包，取而代之的是一只輕便的黑色紙板文件夾，像是藏著什麼重要文件一樣！總之，我穿好衣服前往美術館。

去美術館！我不知道哪來這種突然的衝動。反正我有免費進場的權利，幹嘛不利用呢？我不常去這類地方。在我看來，全世界所有美術館裡掛的都是相同的油畫，並且顯然總是太多。這些美術館對我而言，就跟百貨公司一樣可怕。唯一的差別是，在美術館人們不買東西，但這不妨礙羅浮宮裡那些手持相機的遊客展現瘋狂，和在樂克蕾克連鎖超商裡買東西時一樣：什麼該拿？什麼該放下？

但在那兒你還是可以遇到安靜的人，可以讓人在他看畫時恣意觀察的角色。通常你還會撞見意料之外的窗台，可以愉快地坐一會兒看看窗外。總地來說，美術館不是個太讓人討厭的地方，偶爾逛逛還可以。

在阿姆斯特丹，法蘭茨和我也去了美術館。我記得一幅當代作品：紅色的火焰覆滿了整片畫布，而在火焰中央，有隻驚恐顫慄的獵物，正被一個怒眼圓睜、揮舞著刀子的男人所追趕。那幅畫叫做〈晚餐的兔子〉（Rabbit for Dinner）。法蘭茨不明白我為何突然放聲大笑。我卻停不下來，直到我們被請出美術館。我感到他似乎因此責怪我，說到底，票錢是他付的！

總之我昨天特地前往羅浮宮。破天荒，是不是？我閒逛了好一會兒，然後我開始感到厭煩了。數不盡的十七世紀古典畫版：這麼多的身軀、臉孔與運動，但在現實中什麼也沒發生，就像是置身於馬路上或是音樂錄影帶——這我倒是挺愛看的，一有機會我就盯著看。

我開始尋找出去的方法（這可不簡單，在這裡很容易被困住，就像在百貨公司裡一樣），並看到一個熟悉的面孔。

你可能認得華托[1]的〈傻子〉（Gilles）或是〈小丑〉（Pierrot）這幅畫。

1 Antoine Wwatteau，十八世紀法國洛可可時期畫家。

對我而言，那是一個遙遠年代的記憶：這幅作品的仿畫曾經印在《兒童藝術月曆》上。在我們公寓的牆上掛了整整一個月。那時我已經上國中了，有權在自己書桌上方掛月曆。我祖母忍受不了那幅畫，但那時她已經病得太重，虛弱到無法強行行使她的權力，儘管我可能還是服從了她，將那頁翻了過去，像是從沒有過八月過一樣（我記得〈傻子〉那張畫似乎是八月）。現在她只能低聲的唸叨：「嗤，他是想幹嘛，站那樣，手還晃著？還有這盯著看的蠢蛋是啥，那兒，下面那個，像猴子一樣！這幅畫狗屁不通！」

我呢，則是從一開始就同情這個傻子。我們就像是密謀造反的共犯。而那隻像猴子一樣的動物，我則希望能安慰牠：牠有種無限哀傷的表情，我甚至還在晚上夢見過牠。

昨天，我站在美術館的這個房間裡，等著成群的德國遊客散去。導遊正對他們解釋些什麼，手裡還拿著一根杆子對畫的細節指指點點。我暗自思忖這個導遊能跟他們解釋什麼。也許可以揭示這幅畫的意義？他們什麼都知道，而我永遠什麼都不知道。不知道任何東西的意義。那兒還有一整組華托的詭異小畫，有某種特定形式的醜陋和超自然氛圍的特色。其中一幅的標題是〈冷漠者〉（Indifferent）：一個半浮在空氣中的人，臉上的表情無法定義又不可捉摸。我知道很多論文寫的都是這幅畫。事實上我還是知道一些事。

我終於能安靜地觀賞〈傻子〉了。說實話我沒什麼特別的感覺。我到達了目的地。我拋棄了一幢預建屋，一棟飄著我祖母那薰人藥味的公寓——我們甚至沒有打開氣窗的權利——為了來到這座城市，站到這幅其仿製品曾掛在公寓牆上好一陣子的畫前面。在那裡，在那個時候，我真的很想逃到巴黎。我幻想著自己漫步在大道上，坐在咖啡店裡，對人們微笑，而他們也對我微笑，沒人能碰到我，我祖母不行，我的教授們不行，連我自己的生命都不行。現在，我在這兒，在這座充滿惡意和大量遊客的城市裡，受炎熱所苦，整個白天都待在我洞穴裡的床上，不知道還能夢想什麼。而我也沒成功擺脫任何東西，一切仍都和我在一起：我的生活，我的祖母，我幼時藏匿的公寓——一切。

但我卻有種輕鬆的感覺，因為我再也不需要夢想什麼東西，例如有某人愛我。對此我曾經瘋狂地夢想過，其他的什麼都不想要。而這說到底是什麼呢？除了悲慘與不幸之外什麼都不是，像祖母所說的。在越來越多的事情上我覺得她是對的。

噢，安傑洛，真要能這樣就好了！只要我真能像傻子一樣站著，抱著相同的安靜和相同的絕望，雙手晃盪在身子兩旁，雙眼圓睜。只要體內不再有任何反叛與躁動。要是這恐怖而無聲的哭號能無止無休地從我裡面最深處尋找出口。

要是我真的能夠待在那兒，用絕對的冷漠看著這張過去曾經掛在我祖母公寓裡的畫，要是我未曾因為無法再忍受這一切而闔上眼睛，就如同在那兒，一百年前，仍將永遠在那兒，在學校的某間廁所，我翹課時尋求庇護之處：我關上身後的門，勾上掛鉤，將我的臉無聲地壓上粉刷了綠色油漆的膠合板。我在臭味深處，不弄出一丁點聲音。我用手指摳著覆滿瘋狂污穢的門，卻不很清楚為什麼要這樣，為了我作文分數太低，為了一隻長得像猴子的詭異動物，為了我嚇人的裸體，為了我很快就要死去的祖母，為了我那難看卻總有一天會成形變得誘人的四肢——最可悲的是：我會變成大人，做所有大人該做的事——背叛、殺人、遺忘——並繼續哭泣，在學校的某間惡臭的廁所裡，在道路終點，在世界的盡頭。

你知道，我來這兒不是為了賴在床上、漫步在美術館裡、或是給你寫我從來不寄的信。我在這兒是為了去圖書館，讀戰後的法文詩，編輯一本詩集，再翻譯成一個無法翻譯這些詩的語言。某個國際組織給了我一筆錢，以東歐文化整合的名義。我奉獻了不少時間在這份工作上。我去了圖書館。我試著被整合。我盯著天花板（事實上，龐畢度中心裡的不是天花板，是管子）。我觀察人們。也讀詩。戰後，這兒的人寫的詩以公里計，並印行在漂亮的厚紙上。差勁、愚蠢的詩，純粹是嚼舌根，早就沒人要唸的東西。除了我和或許幾個其他領了錢來唸的人。

然而在這裡面，總有幾句不錯的。也許這整部作品就僅只是為了要掩藏這幾句好詩，好讓它們不那麼容易被找到。

法蘭茨無法理解我為何能斷定我所做的事情是荒謬的。這並不荒謬，他們付我錢就是為了幹這個。這是我的工作。他，法蘭茨，他一輩子都勤奮工作：他讀了尼采、齊克果、傅柯和其他好些作家；他對學生們講這個世界的荒誕是如何無從解釋，好讓他們在人生中繼續向前挺進。這是他的工作，他得努力地做，不然他不會爬得這麼高，不會成為教授，也不會有這樣的薪水。後來，我學會了利用這種對工作的崇拜。我會打開某個詩人的全集，翻頁做出閱讀的樣子。這樣我就知道他不會煩我，而我可以任意馳騁我的思緒。

榮耀歸於工作！每天清晨上學，在電纜車裡，快被兩個胖老太婆夾在中間悶死的時候，我都會看到這句刻在工廠牆上的標語。那個銘文至今應該還一直在那兒，因為它是在建工廠時被一起安進磚牆上的。

今天在圖書館，我的鄰座是個戴眼鏡的削瘦女人，穿著很得體，大約四十來歲。看她眉頭深鎖，雙唇緊閉，邊讀著卡夫卡邊做筆記。她的原子筆在白紙上迅疾地奔馳。紙上寫滿了一頁又一頁的筆記，段落分明，字跡優美。她在準備論文。我找不到一絲表情的變化，也沒見她抬過眼。六點時，她看了手錶一眼，收拾起她的卡夫卡走了。工作日到此為止。

當然啦，並不是每個人在圖書館都這麼好學。今天，在那個卡夫卡的女讀者對面，坐著一個女孩咬著指甲左顧右盼，臉上帶著焦躁的神情。她將腦袋擺在桌上，閉著眼睛，擠出令人心碎的氣息。接著，我瞥了她的書一眼之後發現，這女孩不是法國人，她來自俄羅斯。

唉，我多愛這些漂亮的包裝、乾淨的道路、和生活的舒適啊！我愛這個世界，在這裡。我也愛法蘭茨，還有他對工作的虔誠熱情。但我希望在我不可思議的深綠色天鵝絨上衣底下藏個小炸彈，讓我在演出中途離開歌劇院時能忘在座位底下。炸開來應該能殺死很多人。

不，事實上我不想傷害任何人。我不希望任何人受苦。我希望一切都能毫無痛苦地消逝，一切都揮發掉，百貨公司裡的商品、美術館裡的畫、進進出出的人群，並讓一切像虛無一樣消散，我也和這虛無一起消散。

事實上，幸好我有這些老傢伙，戰後的詩人。他們之中大部分若不是死了，就是年紀令人肅然起敬的小老頭，整日坐在書堆裡搖筆桿，對抗前列腺疾病，每年出版一本新的詩集。一直到輪到他們被死亡領走。此外我還注意到，年輕的時候，他們沒完沒了地書寫死亡，但現在他們對此絕口不提。在他們的詩裡，關於前列腺、老鼠或是動脈硬化的主題，他們折磨的根源，一個字都沒有。

然而這拿來殺時間還是很有用。我到圖書館，從他們年老的嘴唇裡喝下風乾的毒藥。我伸長耳朵偷聽死者的竊竊私語。

有時候我會聽到一些鼓勵的聲息，解開這不停勒緊我脖子的繩套，好比說這幾節詩：

而駑鈍的吉他
睡得太遲
在愛情與友誼之間

這幾句詩送你，安傑洛，就當作是夜晚的吻吧，因為夜已深了，天也黑了。

星期天。今天不送信。沒必要下樓查看郵筒。我沒什麼好期待的，什麼也沒有，連法興銀行[1]的帳戶明細都沒有。

通常我一天會下樓好幾次檢查郵箱。它有玻璃門，因此我在樓梯上就可以看到我的郵箱是空的，但我還是走去湊上鼻子，好說服我自己：什麼都沒有。然後有一天，來了一大綑信件：來自我媽、我朋友、來自雙手曾在顯影槽上做出神秘動作的那個人，我認不出他的筆跡，我甚至已經完全忘了，儘管很明顯地我曾經寄過明信片給他，要不然他怎麼會有我的地址呢？為了某個原因，信件喜歡在同一時間到達。上帝無法忍受有規律的寄送：就連聖靈，祂也是一次倒在所有門徒的頭上。

在那綑信件下面，還有一個厚厚的信封，一封你寄來的又長又奇特的

---

1 Société Générale，中文全稱為法國興業銀行，是法國三大銀行之一。

信，安傑洛，我不停地讀了又讀，絲毫不感到厭煩：我們沒收到的信就有這好處。

郵箱……當手指緩慢地開啟郵箱這罪惡的聖殿時，有誰比我更清楚這讓手指顫抖的興奮？

我現在該為你描繪另一幅風景。這次既不是天空也不是牧場，而是到郵箱前的一段路，穿過一座赤裸的小丘，在楓樹間，在天空下。

我已經好多次提到那雙手，它們像是透過魔力一樣讓身體和物體的輪廓浮現在白紙上，在有毒的顯影槽裡，它的筆跡我如今已不能辨識。那雙手，在許久之前，而於今已消逝的黑暗中，其一舉一動曾被我的眼睛著迷地盯著，那屬於一個年輕的牧師；沒錯，一個身穿黑袍的人！你現在瞭解我不現實的影射、我不時出現的嘮叨講道：這都來自於他，來自那邊，來自那個時期，來自那個消失的世紀，我在裡面活過，也許已成了我真正的故鄉。

就是在那兒，親愛的安傑洛，我開始了我的宗教冒險。這對你而言當然是難以想像的（宗教冒險！喪失信仰！）而實際上也是如此，至少在這裡，在這個人們無法提出異議的世界裡。但在那兒，這是可想像的，甚至是可能的：在那個像塊冰一樣的時代，在那個位於木堆後頭的國家，那個我最終逃離的地方。

我無法在沉默中略過這一切，因為這是我的罪行的一部分，因為是從那兒開始了直到郵箱的足跡，一條我答應了要跟你說的從楓樹間穿過的小徑。

我記得教堂很冷、很黑也很空，在我進入的時候。外面已是春天，裡面卻冷得像墓穴一樣。然而這座墳墓並非空無一物：在中間的長凳上，還蜷曲著幾個封裝在披肩裡的人形。他們被高處的椅子掩蓋，所以我沒立刻注意到。

他們睡著了嗎？死了嗎？沒有，他們開始移動，因為上面某人動了，剛才一直跪在講台前的男人現身了，用低沉的嗓音開始說：「現在讓我們聆聽上帝的話語……」

那是張皮包骨、受寒冬摧殘的臉孔，袍子的領口對這個男孩般細瘦的脖子而言太過寬鬆，還有那陰沉的嗓音，像是一個人在鏡子前獨自練習說話的聲音。事實上，他確實是在自言自語，對著空蕩蕩長椅上的死者，以及少數幾個耳朵遲鈍得無法接收任何地上窸窣聲音的生者；對著那些翻著他們的詩歌本，卻再也無法聽到破爛管風琴吱嘎作響的人，因為在他們耳裡迴響的是塵土的歌聲，輕浮塵埃的誘人細語。

這時候，那個站在講台上的人注意到我的存在：一個來自外界、活生生的存在刺穿了他冰冷的墳墓，讓他一時忘了講道說到哪去了。

不用多少時間，我便已置身於黑暗中，在他的背後，吸著他神職人員汗水的氣息，從他的肩膀上方仔細觀察那顯影槽，熱切地等待奇蹟，逐漸在他手底下現出輪廓的奇蹟。

你知道，安傑洛，我從一開始就把一切搞混了：我愛過某個男人的雙手，彷彿那就是上帝的雙手一樣；我對那雙手所期待的愛並不屬於人間。但我知道我正敲著不可能的門，一扇永遠不會開啟的門，我也知道儘管邊境看起來像是透明的，卻是真實的，而奇蹟也不會發生。但我完全沉醉於這份孤寂、這份荒謬的虔誠，圍繞著他，在這冰冷的教堂中，那個被遺棄的世紀裡，所有有腳能逃的人早在許久之前就已遠走高飛。

接著，我們講話，或至少是我講話。我需要有人傾聽。說實話，我不記得他說過任何東西。他真的存在嗎？但他真的陪在我身邊散過步，聽我說話，就在那個夏日，甚至是更久之後，當我終於獨自穿過楓樹林，在藍天下走近郵箱，期盼著一個啟示，一個救贖的預兆。

現在看來，那些歲月是我人生中最美好的日子。我相信自己是某種完美痛苦的獵物，而且我有大把時間能將自己奉獻給這種痛苦。我沒有太多其他的責任。理所當然地，我得辭掉學校的職務，因為我太常造訪那個有潮濕石壁的洞穴，裡面藏著人所無法想像的惡魔。那年代仍是那樣。但我對這個世界並沒有什麼期待。我只要能品嚐我的痛苦就夠了。離開公務人員辦公室時，我感到一股殉道者得勝的感覺。就像那些因著愛而隱居修院的人一樣，我也搬進了一座廢棄的牧師宅底，遺忘在某個失落洞穴的深處。石牆又濕又冷，連夏天也是如此，但這也沒法讓我的發燒消退。我必須要引退得越遠越好，在一處與世隔離的地方，好拒斥世界對我的拒斥，遠離那雙將水變為影像又將酒變為血的手。因為我的高燒只有在遠方才能到達最高溫。這場高燒被我轉變為文字，我在那個廢棄的牧師宅底裡，在那個好久之前就已被宣告空洞的世紀中，寫下生澀顫抖又熾熱的信件。

這些信對我來說是美味的祭品，是我的報復，對這個總是以靜謐回報我的世界；忌妒的毒液盈滿其中。因為一切都激起我的妒意：他的雙唇、他的聖袍、可憐雙腳被他虔誠凝望著的木雕基督像、甚至是那些讓他將濯足節[2]彌撒的聖體放入雙唇間的灰髮老婦——那不過是片薄而無味的小餅，從那時候起，那澱粉味就像精液的味道一樣讓我興奮。我願拿這來替代一切。我深願自己是唯一一個能品嘗那絕望的無酵餅的人！

就這樣我發現了那個郵箱，這神奇的小盒子，靠著它我們能輕易地將世界變成純然的想像。獨自一人待在我空洞的房間裡，我可以在紙上寫下任何我想寫的東西；沒有任何力量能阻止我。最後，我用舌頭舔過信封上的膠水帶，在這個全新的精美謊言上用手印上最後的簽印，將這個沉重的獻禮帶到

2 濯足節，Jeudi Saint (Maundy Thursday)，天主教會復活節假期（從耶穌受難日星期五起）前一日（星期四），根據聖經福音書記載，耶穌在這天與門徒共進最後的晚餐。

祭壇——郵局的櫃檯前——小心翼翼地抓在我的手裡，從不接受任何中間人，特別是那個醉鬼郵差，他會把我珍貴的信丟在樹叢裡。我並不為這些信可能會被某個人在某個辦公室裡打開審閱而煩擾（這絕對可能，考慮到我收信人的職業）；事實上這讓我更加興奮。

每天夜裡，我都會前往信箱朝聖。它就在路邊，距牧師宅邸五百公尺處。有時候他也回信。他時不時會寄來一張明信片，或是一張寫了草草幾行字的信紙。但對我而言這就夠了，因為諸神存在的條件是我們寫給祂們的信，而非祂們給我們的回應。祂現在哪去了，我那時候的神？在美國，據說，但也可以說祂死了，因為我已經好久沒寫信給祂了。

現在，我寫信的對象是你，安傑洛。我得再做一次那些動作，一步一步地在我想像出來的路途上前進。

但我是不是搞混了什麼？這已經是太久之前的事，距離遠得無法穿越。

我真的給他寫過信嗎？一切都顯得太過真實了。也許我們還結成了夫妻，就在我從肩頭上方看著他的雙手試圖讓世界的輪廓顯現那時？這應該會自然得多。但我不知道這如何可能。就像我祖母說的：「唷，結婚這回事！幹了才知道個屁！」

在這場婚姻當中，我應該是妻子還是丈夫？如何才能知道？尤其是和牧師以及神父們。在他們的神父裝和聖潔的黑色聖袍底下，又藏了些什麼？

有一天，我在儲藏法衣聖器的房間裡試了試他的聖袍，我的皮膚接觸到布料，感到一陣興奮。

無論如何，我覺得像是懷了這些信，整個仲夏，在夜裡前往信箱的路上，在小徑兩旁，剛被擠過奶的胖母牛，鼓著肚子，平靜地反芻著，荒謬而疼痛的快感從停在赤楊木上方的積雲滲出，燕子輕掠過我的髮梢……

那些前往郵筒的旅程，是我一天中唯一觀察天空的時候。它對我訴說著徒勞期盼的美，和長途旅程的悲傷。

當我穿過楓樹叢時，我看著它們。一共三棵，發出淫蕩而沉重的窸窣聲，只要秋天還沒將它們完全剝光。在八月的某些晚上，我會停在樹叢下，在微溫的曙光中，任由這窸窣摩擦落在我頭上，在其中感受那美味的痛苦。

法蘭茨是個很棒的情人。我相信其他人也會這麼說。總之不是北方故鄉那些讓人睡著的悶蛋。和他在一起，我熱情如火——連我都感到驚訝——然後我又對他更加輕蔑。我不知道為何我會輕視他到這個程度，也許是因為他臉上乞求憐憫的神情，或是他毛茸茸的手臂。

有時候，在路上或是在地鐵裡，我會感到有一道拉丁人憂鬱而炙熱的目光投到我身上，我會突然感受到一種慾望，想被這雙手臂環抱，將我緊壓在那如動物般汗毛濃密的胸膛上。通常在這時候，我會在臉上表現出冷然不可侵犯的表情，或者，更好的做法是，躲在我的太陽眼鏡後面。我在俐薩克眼鏡（Lissac）跟一個調太陽眼鏡的女師父訂的，沒有眼鏡我只能像瞎眼的母雞一樣。我特別喜歡這麼做：將我的視線投到他黝黑濕潤的眼睛裡，然後看著對方的視線開始渙散，變得無力，因為他明白了我在觀察，但卻看不到我的眼睛。接著我又繼續假裝閱讀。

昨天發生了一些事。我決定要去橘園美術館。那裡有幾幀馬蒂斯的小幅家居生活畫，包括那幅〈小廳〉：透過窗戶，太陽在房間裡閃耀，以至於房間一點一滴變得模糊、褪色；什麼也沒留下，只剩幾道淺藍和粉紅的痕跡，近乎空白，風的一口氣息揚起了肉眼幾乎不可見的簾子。我一直想要置身於馬蒂斯畫的那些房間裡，作為一個無重量之光明的造物，在小客廳裡凝立在窗邊的那個，或是側身坐在沙發裡打盹的那個……但我已經跟你講過這幅畫了。我開始重複自己了——已經！

一早，我就感到一種無由的喜悅。出地鐵時，在協和廣場，我看見暴雨已經過去。廣場上還一片濕。水泊泊地流入陰溝裡。太陽從雲後頭現身，杜勒麗花園的椴樹葉耀眼地閃爍。新枝已長得極長：春天已達終點。在走下樓梯前往噴泉時，我心想：這個無垠的世界，內藏無窮的秘密。住在我裡面的秘密也無窮盡，更別提未來一切將在太陽下來臨並實現之事。我希望還能活上千年，在死前。

你去過杜勒麗花園嗎？你可曾注意到那兒的花叢與眾不同？通常在公共花園裡，種的都是花朵巨大的肥厚植物：玫瑰、秋海棠、倒掛金鐘、鼠尾草（每年夏天，靠近聖約翰日[1]的時候，祖母會帶著秋海棠去墓園；有時候，它們會被放在公寓裡一會兒，我還偷吃盛滿紅色汁液的酸澀花瓣），但在杜勒麗花園，有的植物乾癟得像乾草一般：烏頭草、罌粟、矢車菊、金魚草、康乃馨、雛菊和其他同類的花，像是我祖母的同母異父弟弟爾恩斯特的農場上，陽台牆邊那些植物。這些花叢肯定是被錯誤地保留下來的遺跡，來自和雷諾瓦以及馬蒂斯的畫一樣古老單純的世界：在世紀之初，在十九世紀，在我的世界！它們在巴黎市中心散放出嗆鼻的氣味，讓人想回顧四下，看是否

1 Le Saint-Jean，六月二十四日，羅馬天主教與東正教慶祝施洗約翰的生日。

有母雞意外跑進公園裡，這樣就能追著牠們跑而不受處罰！

就在協和廣場旁，升起了一大片烏雲（大片的塑膠布蓋住乾草堆，在晦黯的天空中，在太陽最後一抹光輝下閃閃發光地翻騰）。離開公園，我在希沃禮路[2]的拱廊下找到藏身之處，待在那兒看著雨滴和冰雹拍打汽車頂，風從羅浮宮的牆上撕下一張黑色廣告紙，飛升入天，像不懷好意的喜樂預兆！

我站在一家古董店的玻璃櫥窗前。轉過頭，我看到有個男人和一個女人在裡面採買。他們很年輕，帶著某種難以想像的優雅，六零年代式的。那個女人——或者應說是個女孩——有一張娃娃般的臉孔，天真而微帶脂粉，頭髮燙過，在緊包著她的女套裝內側，夾著一朵鑲了假寶石的塑膠花；她的長褲緊緊裹著她的臀部，下擺卻很寬；她笑著，因為花那男人的錢所帶來的

2 Rue de Rivoli，巴黎市中心的大道，羅浮宮便坐落其上。

歡樂。那男的，從他的黑框眼鏡看來，似乎是被當成了某個天真的索邦大學哲學教員，大概心傾毛澤東主義，但又暗自戀慕生活的享樂。

在這間百貨公司裡，所有標價當然都是天文數字，而我想，這些傢伙在玻璃窗的另一側，和我相距千里，而在現實中，我對他們而言，和那個帶著小孩蹲在路邊、背靠著柱子的南斯拉夫戰爭難民一樣遙遠。認識到這點，卻只是讓我的快樂倍增。

但我本來是要跟你說故事，而不是描繪這些花叢和人群的。故事——或某種像是故事的東西——要稍後才會展開，在花園和暴雨之後。我走進了一間咖啡店，那些咖啡店中的一間，因為我的雙腿已然疲累，可我又不想立刻回到我的房間裡。我害怕，不是因為想到即將到來的寂寞長夜——這已不再令我害怕——只是有時候我還挺享受觀察這些待在吧檯邊，期待能找到救贖的可憐肉體。另外，我還想為我的新生活喝一杯。沒錯，我感到一個嶄新的生活即將開始，彷彿出發在即（當然，一旦我們抵達目的地，就會發現一切都和其他地方完全一樣）。

我時不時會到咖啡廳裡，貪婪地觀察人群。我有種感覺，覺得他們在躲避我，像躲避瘟疫一樣。我穿著正確，而且我外表也不惹人厭；但是，只要別的地方還有位子，似乎就沒有人會坐到隔壁桌來！昨天晚上，我較少盯著人看，最多是從遠處，帶著冷漠，像看風景一樣，要是我發出微笑，那也只是對我自己。當我的祖母因為我出言頂撞而用縫紉機的皮帶抽我時（我們有過一台勝家縫紉機[1]，有踏板，曾在西伯利亞與我祖母相伴），她想讓我哭喊出聲，但我沒哭，我咬緊了牙告訴自己：「我是不死的！」一字不差：「我是不死的！」在這個吧檯前，當我將那杯牛奶舉到唇邊時，我告訴自己的就是這話。

沒錯，一杯牛奶。你肯定知道，最近，在咖啡店喝杯牛奶是最新流行。我喜歡這個風潮。其中隱含著某種無法描述的邪惡；十五法郎，將盛滿冰涼牛奶的杯子端到唇邊，那是種終極的逃脫，逃離我小時候被迫要喝的那些裝滿母牛鮮奶的噁心杯子，尤其是那些剛擠出的溫熱奶水，我在山裡，在爾恩斯特——我祖母同母異父的弟弟那兒喝過，在那個廚房裡，蒼蠅在微溫的爐

---

1 Singer sewing machine，美國人 Isaac Merritt Singer 所創。

灶上發出嗡嗡的聲音縈繞著。不，這杯罪惡的、以重價買來的牛奶，和母牛或是所謂的理智都沒有任何關係。喝下它時，是怎樣的一種勝利感啊！他們都沒能打倒我，我祖母不行，法蘭茨不行，任何其他人都不行。是我打敗了他們。我是不死的！

事情就在這時候發生了：坐在隔壁桌的男人將身子倚了過來，問我：「你願意為我笑一下嗎？」我聳了聳肩，朝他笑了笑，為什麼不呢？你注意到了嗎，安傑洛，人們都是這個樣子：你不快樂時，他們躲你像躲隻瘋狗一樣——那是會傳染的！但當你感到快樂而不需要任何人的時候，他們便繞著你身邊轉，像是在蜜壺旁邊的的蒼蠅，像是水蛭一樣！

不，這個法國男子一點也不像水蛭；他算是討人喜歡。穿著芥末黃的外套，鱷魚牌眼鏡，神情像是一隻被揍過的狗：你明白的，那種一目了然的傷口，太陽眼鏡或是昂貴的衣服都掩蓋不了。他經歷過某些事。某個東西，某天，在他裡面碎了，而現在他問我是否能坐到我這桌來。

「有何不可？」

是啊，有何不可？對我而言，孤身一人或是和人閒聊，說到底都一樣。他名叫尚克勞，是個好聽的法文名字。我跟他說我來自瑞典。我不想開始一段對我自己國家的說明。人們一旦知道我來自東歐，他們會用憐憫的眼神看著我，開始說些空洞的話，彷彿是在跟一個死去的親戚說話一樣。

對這個謊言，他的回應是他自己「很歐洲」，是廢除國界的支持者。我提醒他，人們正在仔細地重新封閉這些國界（這種新聞話題的討論能給我某種快感）。

「確實，這令人感到遺憾，但這只是暫時的。我肯定，到最後，勝利會屬於民主和歐洲。」

他這麼說，帶著一種軟弱而陳腔濫調的樂觀。我感到像是在和一個嬰兒說話，必須極度小心，免得說出什麼會讓他害怕的話。連「阿姆斯特丹」這個名詞都會嚇到他！他告訴我，在荷蘭，人們已經自由過了頭，每件事都該在合理的範圍裡。他又點了兩杯牛奶，並要求我拿下眼鏡一會兒。

「你願意把眼鏡拿下嗎？」

這聽起來像是一種絕望的攻擊，一種攻擊的嘗試。我照他所要求的做，並想著（這念頭讓我笑了出來）這是為了交換那杯牛奶，儘管他自己肯定不敢這麼想。接著我又想，他準備付多少錢好脫掉我的衣服呢？我拿下眼鏡，對他微笑。他開始吻我，而這並不讓我討厭。他吻得很溫柔，眼睛因慾望而朦朧。

終於，他提議開車送我回家。我很清楚這代表什麼，但我佯作天真無邪的模樣，接受了他的提議，假裝相信這只是個在地鐵與汽車之間做選擇的問題。一路上，他繼續親吻我，並試著將手滑上我的褲管，但突然間我不想要了。我拉開身體，重新看著他悲傷的眼睛，這雙眼不久之前才感動過我。現在，它們卻令我發笑。我縱聲大笑，而他則什麼也不明白，當我對他說：「聽著，尚克勞，我得走了，我朋友在等我。」

他看來就像個剛被沒收了玩具的孩子一樣。他求我發發慈悲。我轉身離去，之後又朝身後望了一眼；我或許應該跟蹤他一段，但他已消失得無影無蹤。

我有種飄飄然、得意洋洋的感覺！夜晚的空氣很溫熱。我愉快地呼吸著，朝地鐵站的方向走去。在最後一班車之前，我還有一點時間。我細細地品味著我的孤單和不需要任何人的快樂。要是你知道就好了，安傑洛，拋下某人逃走，這是多麼甜美！

昨晚我又夢見祖母了。在這座城市裡，離鄉千里，我的夢似乎毫無防備，像一棟門戶大開的房子，不論是誰，甚至是死者和被遺忘許久的人都能進來閒逛。當然，我沒忘了祖母。但例如前一夜，我就夢見一個我在學校裡愛過的男孩——當然是柏拉圖式的愛——他曾給我許多寫詩的靈感，我都秘密地記在日記簿裡。那本筆記應該還在某個角落，可以驗證我寫過像是「毫不愛我的你……」或是一些類似的字句。在夢裡，我和那個男孩躺在床上，愛撫著他。那確實是他，我知道，儘管他的身體有點像法蘭茨，只是瘦了點。我想我應該有許多年沒想起他了，若是有人在前一夜向我問起他的名字，我也答不出來。但現在，這幾乎就像是我真的看著他，一個單薄的中學生（儘管他可能已經是個大腹便便的一家之主了）。那是如此真實，在這裡，這張床上。就像是一切都該真的實現，在這樣的夢裡。一切我所想望的——要不我死不了！

在這場夢裡，我的祖母也很年輕，儘管我從不認得她這個樣子。她時而年輕，時而蒼老，而在夢裡我知道她實際上已經死了；這多少令人感到不快。整個夢境都讓人感到不快，像是一場夢魘。她拿出了一本書讓我看，一本我曾經渴望要讀的書，但只要我開始盯著那本書，她就把書抽走。書裡有淫猥的照片。她告訴我：「只要我讓丈夫上了我的床，那天他就要歡天喜地了。」

而這確實就是她在世時對我說的話。她要我發誓別跟「這種事」扯上關係。「離女人遠點！」她用告誡的語氣對我說：「她們先是生個孩子，之後就開始要錢了。」我很驚訝，因為那時我無法想像跟女人能有什麼樣的關係。

我應該要在祖母的墳上立個石碑。或許她會讓我清靜些，不再到我的夢裡煩我。我一直想這麼做，但每次在我有時間處理這事之前，我的錢就花光了。她葬在城市週邊的墓園裡——一個醜陋不堪的地方：一座森林裡，一堆墳墓彼此緊鄰，每座墳上頭都有飾品和枯萎的花，插在廣口瓶上，裡頭的半瓶水黏稠而帶深綠色。

她下葬時我哭了。我可憐我自己、我悲慘的生命，而這隨著她的死似乎成了定局，永遠無法改變。另外，她不是我真正的祖母，而是我媽的繼母，帶著我媽從西伯利亞來到這裡。我媽其實是波蘭人，或是什麼類似的出身，沒有人確實知道，祖母從來不談。根據一個我忘了從哪聽來的故事，我媽是一個我祖母愛過的男人和另一個女人的孩子，一個死在西伯利亞的波蘭女人。這故事也許是我自己捏造的，要不就是夢見過。總之，我不知道自己真正的出身，也不知道為什麼寫這些信，用這個有時令我感到再也不瞭解的語言，既稀奇又不可思議！真的，我什麼都不瞭解。我怎麼能將它翻譯成法文呢？如何能讓你理解我？

但我又自覺不理解也未曾理解任何其他語言，不比這語言瞭解得更多。

我就這樣活著，靠著半個語言。

我曾試圖去做一切和我祖母教導相反的事，起先是出於恨，後來是出於習慣。我在許久之前就已經原諒了她的一切了，在她死前許久，我握著她的手，焦黃枯瘦，無力地抓著我的手，拉向她，彷彿這樣能將她從鬼門關口拉回來：霎時間她已在我的權力之下，她開始感到害怕，哀求著我，這個曾經強大又令人生畏的祖母。要原諒她太容易了！

做正好相反的事，這似乎從那時起便已溶入我的血液。在家裡，我們幾乎沒有半本書，至於報紙，我們也只會收到《人民之聲》，我的祖母總要我大聲地唸給她聽，因為我識字。她假裝相信這寫在這報紙上的東西，而我也應該相信。她盼望這樣就不會再被送回西伯利亞，而我的未來也會更加穩當。在那報紙上有寫得又長又複雜的句子，讓我唸得舌頭打結，口乾舌燥，還有我完全不明白意義的字眼。但我喜歡布里茲涅夫同志[1]。灌木叢般濃密的眉毛，讓他看來像是慈祥的爺爺，而每次他前往印度或是什麼其他地方為和平而戰時，總讓我興高采烈，因為我對戰爭怕得要死。我的祖母總是沒完沒了地重複說：「最重要的是，現在沒有戰爭。」在戰爭期間，有顆炸彈掉在她們的農場上，她的家人全都死在大火中。在這之後，她就有點精神不正常了。曾經有個醫師建議她迎著風走——得是夠冷的風——這還真的有用。我自己也試過這法子：太靈驗了！

就是這樣，做相反的事。我狼吞虎嚥著學校裡的書——所有在架上能找到的書，從《金銀島》到《戰爭與和平》。後來，我學了法文，好讀些更有害的書，再後來，我開始翻譯。那是在我結婚之後，或者該說是在我每晚

1 Léonid Ilitch Brejnev（Леони́д Ильи́ч Бре́жнев），又譯勃列日涅夫，第七任蘇聯最高蘇維埃主席團主席。

滿懷盼望去檢查郵筒的時期。一開始，翻譯只是為了打發時間，為了在寫信之外寫些別的東西——那些信也是翻譯，從一個死的語言翻譯成另一個死語言。接著，這成了我的工作。現在，我處在這樣一個時刻，覺得也許我祖母說得對：書不過是些空洞的鬼扯。你知道嗎，安傑洛，當你把一本小說逐字拆開再重組，你就會知道文學究竟有多麼可笑而矯揉造作。那些字沒有任何意義。當我看著這些電腦螢幕上的字，這些線條扭曲的圖形輕如鴻毛，像是在搔我癢。但我已經離不開它們了。送給你，安傑洛，這些是我寄給你的字，一整堆字，像雪崩一樣的字，對它們我絕望而不信，但又暗自盼望在我絕望的姿態中，隱藏著某種我自己也不認得的魅惑力量。這些字，一旦被我從這個難以理解的已死的語言翻譯成你能理解的語言，意義早已滑脫，也許是無關緊要的意義，但還是個意義！

有時我覺得已經受夠了這一切，這所有瘋狂。受夠了我祖母、我的反抗精神、女人、男人、字詞和翻譯。我想要最終能逃開這一切，能放鬆地呼吸。

我覺得出口已近，只要再知道一個祕密。沒什麼複雜的！有時當我看著一個嬰孩，我會有種他們知道那秘密，只是什麼也不說的感覺。小孩永遠不會洩漏他們的秘密。

昨晚深夜時，離開了尚克勞之後，在搭地鐵回家的路上，有個法國女人坐在離我不遠的地方，還帶著兩個小孩。她很瘦；眼睛很大，輪廓很深。她的孩子們也很瘦，而且很俊俏。太壯太肥的小孩有點令我反感，但這兩個完全符合我喜歡的模樣。女孩大約三歲，睡著，頭倚在她母親的臂彎中，男孩醒著，很有活力，眼睛睜得老大。已經凌晨一點十五分了。女孩在睡夢中腳抖了一下——和狗一樣，我正想著，她的母親彷彿也想著同樣的念頭，將眼睛轉向我，溫和地朝我微笑，並說：「小狗狗。」

他們和我在同一站下車。那母親把女孩叫醒，這孩子沒哭，勇敢地牽著她哥哥的手，睜著和他一樣的大眼睛。

這三人迎著黑夜與白晝離去，而我想著，去哪？

在阿姆斯特丹，還發生了另一件事。法蘭茨和我進了一間教堂參觀。那是座很古老的教堂，整個地面都是由墓穴的石頭所組成，讓它看來更像是有屋頂的墳場。天花板是木頭蓋的，老舊的深色木板。像是在翻轉過來的船身底下往上看。此外，這個地方以前確實曾被覆蓋在海底下。

看來很輕，這個天花板，彷彿在那日子來臨時可以被輕易推起，讓死人從石頭底下起身，一腳踏進船裡：「這兒待得夠久了！該是往下一個岸邊出發的時候了！」

總有一天。就快了。

我們在空蕩蕩的大教堂裡漫步，走在別人曾經踩過的墳墓上。接著，我們消失在彼此的視線中。我不知道這間教堂是否還舉行聖禮，或只是間博物館。無論如何，進場是要付錢的。將兩個沉重的銅板丟到一個陶製圓盤上，售票小姐倨傲地撇了撇她的紅唇，也許是想做出微笑的樣子。她或許是這棟建築物裡的死人之一，用收取活人的錢來打發時間。

在教堂中央，掛著巨幅的白色布幕。是個藝術展覽。在布幕之間掛著來自印尼的油畫，畫中的野蠻神祇，張著黃色或藍色的嘴嘲笑著還傻傻相信末日審判的歐洲人。事情就發生在這兒。我背對著一幅布幕，端詳著放在角落的一尊木雕聖母像。端詳，沒錯，因為她的容貌似乎很眼熟。通常，那些童貞女的臉都像洋娃娃一樣毫無表情，但這個似乎在思索著什麼事情。說實話，她幾乎已經沒有了臉：粉紅與天藍色已經開始剝落，只有在眼角和唇邊還有一點油彩。也許因此她才有這樣的表情，彷彿她剛和她的孩子從滿是瘋言亂語的隔壁房間出來：關上門，她凝視著窗外微笑，對她自己，對空洞的天空，對花園裡的一朵玫瑰。我用眼角觀察著這尊雕像（因為要是從正面看，就沒什麼好看的了），就在那時候，我感到身邊有人。我以為是法蘭茨偷偷靠過來要賣弄他的知識。我朝他勉強地笑了笑，才發現這是一個陌生男子。

他穿得像個神父，一身黑，手上拿著一頂帽子，帽沿很寬，也是黑的（所以這教堂還舉行聖禮，我那時想）。他那蒼白的圓臉，看來像是二十出頭，又像有四十開外，淺色的眼睛裡，陽光直穿而過。我立刻擺出一副疏離的態度，因為我怕他把我想成是顆好捏的柿子，會跟我講些高妙的道理，最後再跟我要錢。他開頭的話是：「這不是我第一次在這兒見到您。」

他的法語毫無錯誤，卻很生硬，聽起來更像是拉丁文。這絕對不可能，我回答，您一定是把我誤認成別人了，我是第一次到這個地方，而且我也不住在這座城市裡，甚至不住在這個國家。接著他問了我一個奇怪的問題：

「但你可知道你是從哪裡來的嗎？」

他惹起我某種煩躁的感覺，也許是他那不斷流逝的臉孔，讓我的視線什麼也捕捉不住。我幽默地回答說，我完全清楚自己打哪來：東歐。

這時他說：「國家誕生而又死去，但卻有無數個世界，你必須一一穿過，因為哪兒都沒有出路。」

他露出甜膩的微笑，並用蘆葦桿敲了一下他撐著的墓石。

我開始感到有點詭異。我看了看四周，並想著法蘭茨這會兒在哪，突然間，陌生男子消失了，像是穿透了布幕一般。這傢伙在輕拂的空氣中移動毫不停止。我看到了法蘭茨。他在很遠的地方，看起來很小。他手裡拿著根拐杖，在墳墓間朝我走來。他不停地朝我走來。走過了好幾個月，好幾年。

接著，我們閒散地走在運河旁的路上。那兒什麼都沒有，除了櫥窗裡的妓女。肥胖的女人穿著泳裝，在玻璃隔板後面。一旦有男人走過，她們就狂暴地拍擊櫥窗，像是冬天追索豬油的山雀，唯一的差別是這些女人在室內。我們方才參觀的教堂開始響起了鐘聲，似乎再也不想停止。

晚上，我們吃了義大利麵。我一點也不餓。份量太大了。在這地方，人們有的總比他們所想要的更多；這讓我什麼都完全不想要了。法蘭茨倒是胃口大開。他熱愛義大利麵，但他也知道這東西對身體不好，並且會讓人發胖。他很在意自己的線條，在意他柔軟而總是威脅著要膨脹的小肚子，於是他帶著罪人的貪婪吞吃著義大利麵，像是個急取滅亡的法外之徒，嘴角被肉醬染得血紅。在狼吞虎嚥地將嘴巴塞滿這些細長黏稠的麵條時，為了體驗更大的快感，他八成也希望我將手放到他的兩腿中間。但他不敢提。

今日天氣如秋。窗外，楔樹的葉子在風中翻騰。那棵樹就像是隻背脊發涼的動物。這樣的天氣讓我想要以蘋果佐小說，將牙齒插入下一顆蘋果雪白的果肉裡（整個陽台都會溢滿它們悲傷的氣味），並貪婪地翻過書頁，期待著下一樁犯罪。該把陽台的門關了，外面已經變得太冷，但我卻沒那個心思，只是把腿裹進毛毯裡。

我在街角的阿拉伯雜貨店買了三個蘋果：紅、黃、綠各一個。這地方太荒謬了：你才一動念，事就成了。只要從荷包裡掏出五法郎或是一千法郎，接著你就不知道自己的生活還能幹嘛了。我將那顆紅色的蘋果切成兩半。黏稠的水樣汁液從中滲出，還散出一股輕微的霉味。那是去年採收的蘋果，存放了將近一年，儘管表面看似光滑，但嘗起來卻有死亡的味道。我心想這味道也許就像我們和木乃伊一起下葬的蘋果。在這兒，他們製作木乃伊的技術已經遙遙領先埃及人了。要是有人死了，他也永遠不會發臭，因為所有他吃的東西都清潔無菌，還每天洗兩次澡，用的還是熱水和肥皂。

總之這是法蘭茨給我的感覺，儘管我並不知道後來究竟是怎樣。我想他還待在那裡。我那時關上了身後的門，然後下了樓，一步也沒停，耳裡還能聽到那詭異的電話鈴聲。穿過庭院後，我又再度置身於馬路中，在空氣和風裡面。

簡言之，這些蘋果每公斤價錢是六法郎九十五分，卻和我剛想起的那些陽台上的蘋果完全不同。要說它們讓我想起了什麼，那就是我祖母在我們家對面的蔬果攤為了聖誕節買來的蘋果。要買還得在排得老長的隊伍中等上好幾個小時。人們說那些是「波蘭蘋果」或「匈牙利蘋果」。它們看來已經很陳舊了，像是被那些穿著厚重大衣的潑婦在排隊時為了殺時間而拿來互丟過一樣。我祖母買了兩公斤，放在客廳裡的一個盤子上，和薑餅放在一起。每天晚上，她都會拿一顆來剖成兩半，我們倆各吃半顆。我很快就吃完我那半，祖母那半她卻吮個整晚，看得我湧出滿嘴唾液。這些匈牙利或是波蘭的蘋果有種細微的苦味，像花楸一樣刮舌。整個冬天我們一顆也不會再多買。太貴了：三盧布一公斤。我祖母的養老金才六十或七十盧布，而我們得靠這過活。我媽有時候會給我們一些錢，在她想起來的時候。

那時，我會不耐煩地等著盤子上的蘋果被吃完，因為到那時候假期就會結束，我便能回到學校，而不用整天待在那個單間公寓裡，聽我祖母講她的西伯利亞回憶。她淨說些相同的事，她總也講不煩的那五個故事，而我得裝出認真聽的樣子。你瞧，我連你都騙過去了，親愛的安傑洛。我成功地迷住你了，用我專注的模樣。事實上，我可能連你說什麼都沒聽到。我只是在觀察你的臉，為了記住它。事實上，在我扮出一臉認真傾聽祖母故事的樣子時，腦子裡想的全是別的事。我在想，例如，我媽什麼時候會來看我，或是人們怎麼學到他們所知道的一切。我遐想著，如果在什麼地方找到一隻貓，把牠藏在浴室裡，將牠餵大，生米便煮成了熟飯，祖母就應該會順其自然，接受牠出現在家裡。

有時候，我祖母會逮住我，偷偷地問道：「我剛剛說了什麼？」如果我回答她剛說過有個男人想殺了她煮來做肥皂，但事實上她剛說的是人們如何在勒拿河[1]面的冰上將她們用雪橇運走，還有凍死的人怎樣被丟給狼吃這類事，她便會和我吵起來：「你一個字也沒聽我說！」

最後，如果我還頂嘴並拒絕向她道歉，她就會打我一頓屁股。

1 La Lena（Лéна），俄羅斯境內長河，是世界第十長的河流。

對於這些從阿拉伯雜貨店買來的蘋果，我什麼也不能做。我當然還是會把他們吃光。我在這裡買的東西都一文不值。在店裡我還想要個什麼東西——一切在櫥窗裡或是模特兒身上，看來都那麼美——但當我回到家，它們卻全都成了次等貨，彷彿被人掉包過一樣！

我也記得秋天的蘋果，帶著冰冷而動人的香氣，我在念大學的時候順手偷的。

你看我都記得些什麼了！沒錯，我念過大學，在森林後方一座河邊的小鎮上。學校有厚厚的牆、和用石灰漆白的天花板，裡面教授星象學、地裡學和已死的語言。從窗戶看出去，通常都是秋天：雲像是流動的熔鐵般穿過天空，市政廳的鐘聲整點敲響，走在木橋上的人們，腳下發出不詳的聲響。

夜晚降臨，我自己也過了橋，背上披著一件灰色大衣，拉起衣領，毛線帽直拉到眼睛上方，因為河岸邊總吹著冷風。我迅速穿過，幾乎是用跑的，好避免想起大學時期對棍棒和禁閉室的恐懼，好將我自己藏到房裡，在那排斜頂的深色木屋中。

在那屋子後面有一方菜園，裡面有爛了葉子的馬鈴薯，和幾棵衰頹的蘋果樹。其中一棵就栽在我的窗前。它不屬於我，也不屬於房東太太，但在晚上，卻能讓人輕鬆地爬出窗戶，摸著潮濕冰冷的草地收集蘋果。接著飛速回房，在桌燈下檢視戰利品。

我吃這些蘋果，因為我沒錢去店裡買。我翹課，讀起杜斯妥也夫斯基。過了一段時間，我開始夢見一位天使。每晚，一個又瘦又黑的天使站在我的床腳上，什麼事也不做。這既恐怖又美妙，讓我不再有別的渴望。就是在那個時期之後，蘋果的味道開始讓我興奮。大學校長後來開始尋找我這人，我得回到課堂上去，但我再也無法瞭解發生了什麼事。有次我在某堂課上哭了起來，因為我想到梅希金公爵。你讀過《白癡》嗎，安傑洛？

如你所見，在阿姆斯特丹沒發生什麼事，沒什麼值得提的。我只是由法蘭茨買單去那裡待了幾天，而我越來越蔑視他。一個平凡而日常的欺騙，甚至不值得在日記中記上一筆，甚至不值得在末日審判的判決中提出幾個字。歸根究底，法蘭茨會涉入這整個故事純屬偶然。可無論如何，日復一日地過著我不感興趣的生活，說著我不相信的話，花著不屬於我的錢，這難道不是一種欺騙？話說回來，這錢又屬於誰了？而我的生命又歸誰所有？抵押給誰了？天堂嗎？地獄嗎？法蘭茨興高采烈說著其致命陰謀的歐洲重建發展銀行嗎？

我感到像是在花著不存在的錢，過著一個不存在的生活。我的姿勢，我過的日子都是虛幻的，但它們卻持續下去，自動提款機也不拒絕給我錢：它鬧騰了一會兒，然後從下顎吐出一百或兩百法郎。我在它改變主意前迅速抽出，快步離去，像賊一樣。

在夢酥璃公園中，大薔薇正綻放著。今天，一對情侶在開著花的灌木叢前互相拍照。池塘邊的兩株鵝掌楸也開花了。我曾在書上看過這名字，在我的想像中，它是某種雄偉崇高的植物，開著像鬱金香一樣的碩大紅花。但事實上，鵝掌楸的花相當小，帶著淡綠色的白花。鵝掌楸的拉丁文名字（寫在綠色的金屬牌子上）是 Liriodendron Tulipifera。

最令人驚訝的是，我什麼也不渴望。我不需要任何東西，任何人。我不想念任何存在，甚至是你，安傑洛。當然啦，這是因為我總在跟你說話。如果你就在這兒，我要怎麼寄信給你呢？

對我而言，能夠為某個人煎熬，希望他就在身邊，聽任自己的安排，這甚至是恐怖和可厭的。一個人多好。不用跟任何人說蠢話，可以坐在夢酥璃公園裡的池塘邊，看著閒靜的禽鳥——像是鴨和鵝——忙著牠們的活動，為了一小塊麵包伸長了脖子惱怒地發出嘶嘶聲。

我喜歡在沒人會去的偏遠處閒晃，像是羅浮宮這間展示皇宮歷史的大廳。這裡通常一個人也沒有。除了坐在椅子上的警衛，或是一個瘋瘋癲癲的英國人端詳著展出的文件，手上還拿著本一九九三年倫敦版的《漫步羅浮宮》（A Walk in the Louvre）。美國人橫掃大廳，俄國人也是，還有波蘭人、日本人、捷克人……去看蒙娜麗莎！幹嘛不去呢？說到底，那男孩挺美的！

有一回，我逛進了歷史廳。在那兒有美麗的畫，像這幅〈重新開張的大廳〉（The Reopening of the Great Hall, 1947）。這幅畫很眼熟，像是我以前歷史課本或是其他什麼書上的彩色圖片，在舊時某個國家裡的課堂中翻過的頁面上。

某種像紙板一般、既虛偽又真誠的樂觀主義，令這些戰後年代的人不論在哪兒都如此相像。這些畫像，人們可能為它們感到有些羞恥，因為我已經許久沒在任何地方看過了。它們被放進倉庫，等著輪到它們，那些一九四七年臉頰紅潤的倖存者像是在說：「好，殺夠了，該是嘗嘗其他樂趣的時候了。」

告訴我，安傑洛，在我耳邊低聲地說，讓任何人都無法聽到：歷史不讓你感到毛骨悚然嗎？不是因為人們彼此割破喉嚨且未曾歇手，而是因為這一切都不算數，人類會忍受一切！一切！

在杜樂麗花園裡，椴木正開著花。只有蜜蜂尚未現身。有張長椅被拽到樹下，椅子上還留著腳印。有人拾了一堆落花，又連同盛花的紙筒丟在附近的垃圾箱裡。也許他只是想拾花，也許這花讓他想起了某件事，某一天，或是別人跟他說過的某個撿拾椴木花的故事。

我也喜歡那些名人故居改建的博物館。很少人來參觀這類地方，那些死者的物品是多麼平靜地被安置在那兒呀！再沒人能碰那些「雜亂地」散在桌上的書本，沒人能將陶瓷大象放到陶瓷聖母像的左邊：它就該放在右邊。窗外，有座花園或是荒涼的院子，從來沒人走進去阻礙死者的視野。要說能看到什麼東西，也只是小孩的玩具，有黃的，有粉紅的，全散落在草坪上。能動的只剩時鐘。你會感到被睡意壓倒，想躺上這張好似才剛鋪好的床，儘管興許好幾個星期以來沒有任何一隻手摸過。但這可不被允許。在床前已經拉起了一條繩子。

你還記得嗎？我們在電話裡討論過這些故居博物館。你說有次參觀過湯瑪斯・傑佛遜的故居，在維吉尼亞，你居住的州。你跟我說過，傑佛遜的床位於兩房之間的隔間，若睡在那張床上，便不算是睡在任何一個房間裡面，又或者是在一間入睡，在另一間醒來。這張床恰恰就在邊界上。

一開始，我完全被法蘭茨在巴黎的公寓給迷住了。想像一下：在聖路易島上，面向塞納河的景觀！歐洲委員會慷慨地提供他在史特拉斯堡的住處，而他在巴黎也有授課。

「這棟公寓是我唯一允許自己擁有的奢侈品。」他對我說。

那是在我們阿姆斯特丹的假期過後幾天，我們搭著不同的火車（應他的要求）回到這裡。法蘭茨之前還去了趟史特拉斯堡。我們順著將小島從中央一分為二的狹小街道走去。有間店還開著，裡面頭上腳下地掛著一隻已死的雉鳥，斑駁的羽毛在燈光下閃閃發光。老闆站在櫃檯後面搓著手，像是為賣了個好價錢而感到高興。

那幢公寓的前門大而沉，彷彿教堂的大門，但這大門會在我們身後輕聲扣上。進到裡面後一片黑暗，只有電梯開關上的紅燈閃著，像狐狼的眼睛。我有種被關在箱中並立即上蓋鎖死的感受！我趕緊把手伸向開關打開燈。最令我害怕的，就是被關住，無路可出。

我們沿著木製樓梯走上五樓，樓板摩得平滑並反射著微光。法蘭茨用兩把鑰匙開門，它們在上了油的鑰匙孔中輕鬆地轉動。我們輕巧地溜進屋內，到了罪行即將發生之處。

最奇怪的是，那一晚，以及那星期中的其他日子，我在電梯內或是走廊上，都沒遇見其他活人。據法蘭茨說，管理員住在隔壁棟建築。我也不記得曾經聽過一丁點來自隔壁公寓的聲音。只有被填滿的垃圾筒見證這棟建築有人居住。但那時我並未注意；我早已習慣了這座城市中那些似乎太早或太快被拋棄的地方。但後來我重新思考，得到一個結論：或許沒有任何人曾注意到我的來去。彷彿我在時刻未滿前，也變成了不可見的存在，來到這棟安靜的建築！

法蘭茨的公寓實際上是一個寬敞的房間。廚房在寬闊的一角（而我已跟你描繪過這廚房了）；浴室當然是獨立隔開的；牆上覆蓋著鍍了金色圖畫的黑色方塊磚，畫的是斯芬克斯、法老王、法老的眾嬪妃和荷花。

那室內空間的挑高難以估計，在一端有個木製閣樓，上面放了一張床和幾個書架，另外還有些書架則放在閣樓下，覆滿了四面牆壁。一架樓梯直上閣樓，要是你站在梯上的某處，滿眼所見盡是河水，雲彩從中游過，一日，復一日，復一日一日。

當晚，這樓梯我上上下下好幾次。我熱愛有樓梯的閣樓。樓梯本身有某種戲劇性。在舞台劇裡，總會看到有人穿著連身裙或是長得拖在踏階上的洋裝，從樓梯上走下來。他們停在樓梯中間，手指握緊扶手，說出一句對劇情轉折至關重要的話，像是：他在這裡！或是：夠了！其餘的人便開始從舞台的遠處及深處哭著走來，但主角仍站在樓梯上，從上方觀察著這一切騷動，因為永遠是主角從樓梯上走下來，在高處重新咀嚼他陰暗的念頭。侍者永遠不會從樓梯出來，而會從舞台深處的門，或簡單地從後台出來，為了說餐桌擺好了。

法蘭茨從廚房走來，以一種空洞而舞台劇式的聲音宣布：晚餐已備妥了，夫人。他剛好延續了這場遊戲，因為我正從樓梯走下來，並以一種陰間的聲調宣布：死亡在這屋中遊蕩，請將窗戶打開！那晚，我們倆有點瘋瘋癲癲的，像是在發燒一樣，而紅酒更助長了這份高燒。

你能想像嗎，安傑洛？我一直夢想著擁有玻璃製的傢俱，而法蘭茨在這公寓中就正好有一張玻璃桌子、一把玻璃長椅、和一張獨腳玻璃小圓桌。這圓桌的桌腳是玻璃片以螺旋形堆疊而成。我在這些玻璃物品上發現了些指印，便用廚房拿來的餐巾紙擦拭，因為玻璃應該要完美無瑕；但我又發現了更多其他的指印，於是我只能不斷擦拭。法蘭茨不明白我出了什麼毛病。最後我終於明白這些玻璃是永遠不會乾淨的，因為只要一碰觸它、或是在上面擺張盤子，玻璃就又髒了。

一間有玻璃家具的屋子不是建造來給人居住的。我忽然感到一陣憂鬱，心情一沉。我把餐巾紙丟到垃圾桶，將溫暖濕漉的手壓在玻璃桌上，留下一個好大的掌印。接著我們便上床睡覺了，因為已沒有什麼其他的事好做。

祖母有時候會對人爆出詛咒，不論是有人在街邊的松枝雜貨店騙了她十個戈比（或至少她自認為被騙了），或是當那些小流氓在隔壁屋頂扔罐子高聲吼叫，讓瓶子砸碎在人行道上，玻璃碎屑迸濺。「時間末了的預兆啊！時間的末了！還能是啥？」她嘟囔著說。有回我問她什麼是時間的末了。「世界末日。」她說。她沒給更多解釋，只命我繼續唸《人民之聲》給她聽。上面說著永不疲倦的布里茲涅夫同志在印度或是什麼地方為了和平所進行的戰鬥。這消除了我的疑慮：既然我們在朝向和平與進步的道路上踏出了堅定的一步，世界末日就不會來臨。

但有時候，會有飛機飛過，整棟房子的牆壁晃動不已，還能聽到可怕的爆炸聲。或是整個庭院突然被黑暗所籠罩；對面房屋的陽台上，會有人發出恐怖的聲音用俄語咒罵；有人轟隆隆地翻倒垃圾筒。而我則緊閉雙眼，免得看到世界末日。

但在一段時間後，總得將眼睛重新睜開，因為你終究無法一直闔著眼，而世界也並未比過去更接近末日，它仍偷偷摸摸地存在著：在對街的雜貨舖裡，馬鈴薯照常以六戈比一公斤出售，「但其中一半已經可以扔掉了。」太陽從雲的後方露出臉來，肥胖的女人穿著人造絲製的花洋裝，提著食物籃，堅定地朝停放推車的地方行進。

我經常夢見戰爭爆發，就像我們在課堂上看的電影，而我在槍林彈雨下匍匐前進，身邊的一切都在燃燒。終於，一顆子彈射中了我，這時我立刻驚醒，伸長了耳朵聽我祖母是在呼吸還是斷氣了。有時她呼吸會發出噓聲或是呼嚕聲，但其他時候卻都靜得毫無聲息。在這樣的時候，我會爬到她的床邊，以為她已經死了，所有人都死了，只剩我孤身一人。但是，在這之後，我又看到她確實還呼吸著：她的嘴裡吐出空氣，散發出惡毒的氣味。

有時這還不足以讓我放心。我說服自己這個世界確確實實是完蛋了，但有人把這個事實隱藏起來，而我祖母也根本不是我祖母，上課坐我隔壁的阿洛也不是阿洛，而我媽也不是我媽：他們全都是女巫（我正是這樣想的：女巫），只是裝出我屬於他們一夥的樣子。然後我會在被窩裡掉淚，因為我覺得自己好可憐，只有我活了下來；我更為可憐的世界感到難過，它甚至不存在了！

有天早上，我對法蘭茨說起這一切。那時我們還在床上。外頭的陽光在塞納河上閃爍，河水映出的波光在天花板上跳著舞。對岸車流無止盡的擾嚷逕直傳入我們耳內。從法蘭茨打開的窗戶穿進來的，是花朵的香氣，以及更為濃烈刺鼻的、排氣管釋出的廢氣。聖路易島教堂的鐘還在響，但聲音卻細不可聞。一艘船滑過河面，在波光中播下混亂，讓它們在天花板上四處竄逃。

法蘭茨靜靜聽著，然後對我說，他小時候也有過幾乎相同的念頭，甚至到六八年，他在巴黎作大一新生的時候，他還會拔起路面的石塊，看著燃燒的汽車，狂熱地想著世界末日就要到了。但什麼也沒結束，不論是世界或是任何其他東西。

我緊靠著他，我感到整棟房子被捲進了河裡，屋裡只剩我們倆，而很快我們就要撞見瀑布或是流向大海。

喝咖啡時，法蘭茨說起終結的概念，和千禧年終結所引發的歇斯底里。歐洲已不是第一次有此體驗了。但照他說，已經不可能知道西元九九九年或是九九三年的人真正在想的是什麼了。

但我甚至懷疑是否可能知道地鐵裡的那個人在想什麼，那個坐在車廂長椅上，雙手緊握著膝上的公事包，每天都從工作地點穿越地底回家的人。

你知道，安傑洛，這個世界的美總是讓我感到慌亂，不論在哪兒。我總是無法抗拒！就算只是透過火車車窗瞥見的簡單風景，一條葡萄園中最平凡的蜿蜒小徑；或是倚在火車站的柵欄上、花瓣凋落的黃色茶玫瑰。平淡無奇的街角，橫著咖啡館的標誌。書店平台上的一本書。然後是人，他們既熱情又飄逸。我呢，面對這一切我完全無力。我的四肢失去力氣，雙臂力量全失。就像我第一次見到你的時候，安傑洛：瞬間，你的美便將你強大的力量壓在我身上。

清潔婦剛走。每天早晨將近十點半的時候，她會輕輕敲門：咚咚！是個身材姣好的黑人，總是心情愉快：「早安！現在還是稍等？」

現在，有何不可？在這段時間裡，我到樓下客廳看《世界報》上又寫了些什麼，關於波士尼亞赫塞哥維納、關於愛滋病、關於千禧年終結的恐懼、關於蹂躪世界的這個或那個角落的饑荒與戰爭。

回到房裡時，地板還是濕的，而且也算不上乾淨；我祖母會把這樣拖地叫做「沖地板」。要拖地，就得跪著，而不是用拖把底端的粗麻布亂抹。但在清潔婦來過之後，房間確實散發著乾淨的氣息。垃圾桶裡，一份新的報紙已準備好成為新的垃圾。五斗櫃上的灰塵也撣掉了……

還有床！就算我用上所有的力氣和能量，卻怎樣也無法將床套弄得如此平整，就像沒人在這張床上睡過，也沒人在這房裡生活過！當下我就有到床上打滾的衝動，免得我覺得自己配不上這麼純潔無瑕的房間。

現在我明白了，清潔婦來，主要是為了美觀而非舒適。在這個年代，就連有錢人家裡都沒有僕人了，因為對他們而言，美的重要性比不上簡單和功能性。鑽石比不上健康的牙齒。稀有的大理石比不上安全的汽車。但對十七世紀的人而言，他們沒有選擇。在抵抗牙疼或是抵抗死亡上，他們並不能做什麼，只剩下美，能裝飾從他們指尖流逝的日子。

拿金、銀和寶石，或是絲綢和天鵝絨為例。今天，人們對這些東西已經不再看重。但我在羅浮宮裡看過法國國王與王子的寶物。那兒有成套的餐具和珠寶。我不知道是怎麼做出來的：這些都是從整塊礦石上刻出來的，並且精緻得有時可看到光線穿透紋理和石頭上的斑紋。

像這只玉製高腳杯，深綠色，黃金的杯腳上還鑲了紅寶石；紫水晶製的酒壺，看起來像極了六月的夜裡沉甸甸的紫丁香；帶著粉紅和灰白紋路的瑪瑙容器；各色碧玉製的平底杯，綠色、深紅色、泥土般的淡黃色；黑玉製的墨水瓶，上頭還帶著銀色的斑點。整塊水晶雕成的玻璃瓶，靛藍色天青石刻成的盤子擺在黃金檯面上……

還有喬瑟芬皇后的耳環——一顆淚滴形的巨大珍珠；或是奧坦絲皇后和

瑪莉・愛密麗皇后[1]的珠寶，全都以深藍色的藍寶石裝飾。皇冠上的大顆鑽石就更不用說了，當然是透明的，但光燦奪目，擋住了所有進入隱藏其中之亮麗世界的途徑。

無論如何，進入是不可能的，因為這些珠寶全都被放在一個玻璃盒裡，希望是防彈的玻璃盒。它們曾經屬於某人。現在，它們全都成了「國家文化遺產」。誰還能用那只玉製高腳杯飲下葡萄園的恩賜？誰還能在那黑玉製的墨水瓶裡用鵝毛筆沾墨？而用這鵝毛筆還能寫什麼字？

但我相信這些玻璃箱很快就會碎成粉末，因為它們美麗的吸引力仍未消失。而這些玉、璧和水晶石製成的容器也很快就會被摔成碎屑。

1 La reine Hortense 和 La reine Marie-Amélie，前者是荷蘭皇后，亦是法王拿破崙三世之母；後者是 1830-1848 年間的法國皇后。

你知道，在我原本的國家裡，並沒有太多的美。

那兒有個詩人，一個有病、半瘋的乞丐，在陌生人間漂泊——我愛過的人之一——他說這個國家「美麗，不，並非如此」。

但當我走在小徑上，路過楓樹林、郵筒，穿過馬路和田野，縱身於森林裡，雲杉之間（十月時，那裡暗得很，還能聞到一股冰冷蘑菇的氣味），再隨著深陷泥濘中的車軌穿過這座森林，直到小徑上覆滿沙土，並陡然朝上進入松林，走進一片林中空地，或者該說是一處高大筆直的松樹較不密集的地方，地上均勻地覆滿了一層歐石南。陽光錯落，就算是在秋天，依然閃爍。我總是在這個地方停下來，腳踩在沙裡，像顆松樹一般，然後想：「世界真美！」

同時，其他思緒，像是陰影，一種黯淡的轉變，覆蓋了先前的想法：「世界末日」。噢，我多麼希望能伸出雙臂環抱這片空地，緊摟著它，保護它，

用我可憐的身體蓋住它，就像我希望能將你整個覆蓋，安傑洛，但我的手臂
是如此的短！

我再也無法抗拒法蘭茨的公寓所帶給我的誘惑，那玻璃製的家具、書背，還有窗前那總在風中搖曳的纖細白楊樹梢。

當法蘭茨告訴我，在他回史特拉斯堡的時候（這星期他還得回日內瓦一趟），我可以住在這裡時，我終究還是接受了，儘管一開始有點猶豫，因為我知道這一切不會有什麼好結果：我預感到不幸與厄運。

一個人永遠不該待在太過誘人的地方——整個世界的美都埋伏著，要用一連串的炫目光芒捕獲你。一個人應當迴避這樣的地方，或是佯做漠不關心地穿身而過。一旦停下來，你就迷失了。你知道桿子已經泡進了鹽水中，你已讓步於誘惑，而唯一的誘惑就是犯罪。世上的美召喚著自身的破滅。

但在這兒，他們可懂得誘惑了！他們是冠軍！連最小的雜貨店都懂得把橘子擺得像是裡面包含著整個世界的快樂一樣。

就這樣，我答應了住進這間公寓。法蘭茨出發前往史特拉斯堡和日內瓦。

那個星期簡直就像作夢一樣。我完全沒去圖書館。有幾天，我躺在床上半夢半醒地翻著書。偶爾我會睡著，之後又轉醒。遠方的喧鬧充塞耳際，令人困倦。睡意時而消退，時而悄然進前。

有個夢我記得特別清楚，非常寫實。情節就發生在這間公寓裡。有人按了門鈴，我開門，進來了一個乞丐，帶著藍綠色的眼珠。我為他準備了炸馬鈴薯，並切了幾片醃黃瓜給他。他很感激地吃著，但不失尊嚴。接著，他用那對藍眼睛看著我，給了我一個迷人的微笑，說：「這沒什麼，我們都要死的。」

但事實上，在這棟公寓裡，我從哪找來的馬鈴薯好炸？根本就連一顆也沒有，也沒有一丁點的醃黃瓜。再說，我真在這地方生活過？亦或這僅是一場夢，一場特別漫長而清晰的夢？可是我卻記得那河的景色、那間廚房、那隻吊在店裡的野雞，張著雙翅，羽翼凌亂……

最後我終於完全清醒，感到不可思議地舒暢，渾身散發精力。我跑出公寓，盲目地漫步在街道上，在一間咖啡館停留了喝一杯水的時間。接續行程，我貼著水邊，沿著塞納河畔走了一會兒。在希沃禮路的人潮中逆流而上之後，我溜進一間美術館，對著一幅細節過於繁雜的畫沉思起來，像是為了離開我自己一樣。我試著辨認說明標示中提到的人物：皇帝、皇后、皇后母親、教宗……再快步走過其他作品，什麼也沒看清。

某天，我又這樣四處亂逛，卻撞見了一幫同鄉。從遠處我就認出他們來，甚至都還沒聽到他們說話。他們站在莎瑪麗丹百貨公司[1]的櫥窗前，大肆批評陳列其中的樣品，但其實這些商品讓他們渴望得口水直流，和所有他們悲慘的眼睛第一次見到的商品和財富一樣。

---

1 la Samaritaine，法國巴黎的大百貨公司，位於第一區，開業於一八六九年，於二零零五年暫時關閉。其建築被認為是歷史古蹟。

事實上，是我站在那兒，在他們的位置上。一旦你在這些櫥窗前面停下腳步，儘管你裝作極度厭煩的樣子，還是會在那兒站到地老天荒。唉，為這寫一個字都太可悲、太無謂了。一個人只該寫些稍微有點文學味的東西，展現最低限度高貴的苦難，而不是穿著運動衫和慢跑鞋的東歐佬，杵在那些被這城市照得燈火通明的櫥窗前。

簡單說，我避之唯恐不及。我轉進一條小路，幾乎是用跑的，免得看到我自己在櫥窗前垂涎這些毫無價值的東西。我完全不知道自己是往哪走去。突然間，我走進了聖丹尼路，許多小姐在這兒閒逛，空氣中浮著濃重的油脂與烤肉的氣味，從每隔幾步就會碰見的熱狗攤和漢堡店裡飄來。

我喜歡這些女孩。她們待在那兒，站著，一聲不吭；她們不指手劃腳，不拍打玻璃，不像阿姆斯特丹的那些妓女，因為她們沒權利拉客。這很詭異：她們在那兒站著，男人來，他們匆匆完事，然後她們又回到自己的位置上。

她們就像是種挑戰，一種對流過的時間和所有普遍概念的冒犯。嗳，我就在她們中間，我是她們之中的一個，儘管連她們都不想要我。

就這樣，我繼續在聖丹尼路上前進。現在我知道自己在哪了，卻完全不知道自己想去哪。況且，我哪兒都不想去。但當我看到路邊一座大門敞開的教堂，我卻想也不想就闖了進去，僅僅是為了得到庇護，因為烤肉的氣味夾雜著熱浪，令我作嘔。

教堂裡空無一人。只有籐椅、從頂部窗戶斜射進來的陽光、好幾立方公尺的寂靜，還有被無意歸來的人離棄多年而無人居住的房子，那特有的氣味。

我聞過這個氣味，在某個春日，在走過我對你說過的林中小徑之後。我走了很遠，直到一片林間空地，裡頭有棟被遺棄的房子，沒有門也沒有窗戶，是一棟用粗大木頭搭建的灰色農莊，就像在那個國家裡農莊的模樣。那棟屋子裡就瀰漫著這股氣味：整個冬天，廚房未曾開火，窗邊沒人向外望過，沒人注意到太陽穿過天際，燃燒著，散落光芒，或是柔軟的牧草在大地上四處湧現，像是一首驚人的生命頌歌，那震耳欲聾的音符在去年乾枯的牧草中回響。

屋裡潮濕陰暗。屋頂漏水，但牆還挺立著。然而，終有一日，它會成為青草的獵物。寂靜。鳥兒的呼喊，在高天，落到這兒只剩下微弱的回聲。

我站立在一扇窗前，在這棟被遺棄的屋子裡，看著外頭耀眼的太陽，遠在千里之外。在那兒，遠方，輕腳走過蘋果綠青草的，是我，面黃、唇紅、一襲白衣，在隱沒於樺樹林之前。

悶熱潮濕的天氣。我的襯衫都黏到背上了。幾乎無法思考。我一直覺得快下雨了，暴雨將至。但什麼也沒來。只有一片輕薄的浮雲掩住天際，樹上的葉子閃爍得令人氣悶。

今天是星期天。我決定去凡爾賽宮看看。火車車廂窒悶——我不明白為何這些火車的窗戶都無法打開！到了凡爾賽，宮殿的區域就像個大燉鍋，你可以煮一鍋充滿異國風的大雜燴，食材就是從日本、德國和東歐來的遊客。順著人潮，我穿過城堡、國王的寢室，和數不盡掛著油畫的空房間，人群魚貫而過，全都帶著相同的表情，像土地與石頭一般。外頭，越過窗戶，可以看到噴泉的水湧入蒼白的天空，在令人窒息的熱浪中。

我不怎麼想走進花園，便逃向另一邊，順著橫過市區的林蔭道路前進。一路樹影掩映，空無一人。只有一處空地，有幾個男人在玩滾球。球砸落時發出沉悶的響聲，每次彈起便揚起一柱塵沙，在空氣中懸浮飄散。這些男人都很高大壯碩。要是有某個女人獨自走過沐浴在陽光中的馬路，他們的眼睛便全跟了過去，發出轟笑聲。

唉，安傑洛，我幹嘛一頭栽進人類的世界呢？我應該要待在屬於我的地方，在植物的王國裡，在東歐，在兒時令人窒息的公寓裡，在祖母那長滿了萬年青的窗邊。

一旦人類和他們的意願都投身於遊戲時，便只會產生憂傷與苦難。我之所以會有和法蘭茨的這段關係，是因為我想要知道做個人是怎麼一回事，怎樣算活得像個人。這就是我犯的錯，可怕、不可原諒的錯：我和別人進場開始遊戲，卻玩得很被動，一點也不當真。看看現在成了什麼樣！我的祖母有時候看我這麼無能會惱怒發火：「老天！這廢物長大了肯定不是什麼好貨！」

我確實不是。什麼都給祖母說對了。

嚴肅的事物令我發笑。好比說，斷水。有一回，在這棟玻璃家具的公寓裡，水停了。法蘭茨還在。那應該是週一。接著才發現，斷水似乎早就預先公告過，是為了一起老早就預定好的工程，但法蘭茨當時看都不看就把那張單子扔進垃圾筒，因為在這裡，沒有人會把每天發到郵箱裡的垃圾全都看完。而我呢，我什麼都讀，只要法蘭茨不在；所有的廣告我都讀了——當然是沒裝信封裡的廣告，我不拆信的。這些摺頁廣告傳單推薦各式各樣的好東西：到遠方島嶼的旅程、山裡的城堡、能抵抗一切可能與可設想之意外的保險……

總而言之，龍頭裡沒水了，只是發出乾涸的咕嚕聲。法蘭茨氣得滿面脹紅，因為他正想沖個澡。他猛地衝去打電話，要求立刻讓水回復流通。他至少打了五通電話給不同的機關才找到對的人，能向他解釋問題所在，並保證最多三小時後一切就會恢復原狀，請他諒解這些不便。

至於我，我覺得這整件事都充滿了娛樂性。我對法蘭茨說，在很久以前，在那個遙遠的國家，在那個河邊的小鎮上，我曾經在一棟沒水的房子裡住過三年。我們必須要到庭院裡去取水，那兒有唯一的一個水龍頭。桶子裡的水，很快就會浮上一層鐵鏽。

法蘭茨狠狠地瞪了我一眼。他已經稍微冷靜下來了。現在他知道了斷水的原因，卻仍然無法沖澡。他似乎相信我跟他說這些蠢話是為了惹他發火。突然，他的臉亮了起來：他抓到我故事裡的狐狸尾巴了。

「那馬桶呢？你們怎麼用廁所？」

我很認真地回答：我們都到庭院去，在房子後面，在那兒我學會了如何沖水。一開始，我還怕得要命，擔心水會驚天動地的一股腦沖出來！

這似乎撩撥起他的性慾。對他而言，我成了一隻被他在叢林中捕捉到、又被他給馴服的野蠻發臭動物。他想把我拖到床上，用比平時更粗暴的方式展現他自己。我覺得這突然迸發的惡意很迷人。

當然啦，事實上，在我祖母的公寓裡是有廁所的。那是棟新蓋的預建屋。我愛死那間廁所了。我有時候不內急也去那兒坐。一切在那兒既溫暖又寧靜。外面的世界如此遙遠，而且門還可以從裡面反鎖。但我不能在那兒躲太久，因為祖母終究會起疑，前來拍門板：「你在裡面幹嘛了？」

就是從那時候開始，我愛上了乾淨而潔白的廁所。那裡面多麼令人心安呀！所有生命的痕跡都消失得一乾二淨，像魔術一樣，連一絲氣味也沒留下。在那兒，你甚至可以忘記大屠殺和浴血戰場。我同情那些十七世紀的人，他們沒有這樣的避風港！在凡爾賽宮，每一間寢室裡，我都沒看到廁所或是浴室。就連路易十四，這麼富有想像力的人，他作夢也想不到現代的便利舒適。蝨子和糞便虐待著我親愛的賽薇涅夫人及其同時代人：永遠為疾病所苦的拉法葉夫人，和陰沉、經常前來娛樂病人的拉羅什富科[1]。

至於生鏽的鐵桶，那純屬事實。這件事我沒撒謊。在這個籠罩著融鐵般雲層的大學城裡，我住的屋子確實有廁所，在走廊上，沒自來水，臭氣薰人，你一坐上馬桶，淚水便立時擁上雙眼。那氣味會滲入衣服。直到今天，有時候我在鼻孔裡還會聞到這股味道，儘管我早在許久之前就把那時候的衣服全扔掉了。

1 La Rochefoucault（1613-1680），法國箴言作家，名句「真愛猶如鬼魅，眾口相傳，然見者鮮矣。」便出自其筆下。

夜晚終究帶來了些許溫柔。稀落的雨水滴滴答答落在梣樹葉上，發出窸窣的聲音。暴雨未至，但風已轉涼，我決定到塞納河畔閒逛。在聖路易島上過了一星期之後，我就養成了晚上到內側河堤散步的習慣，緊依著水邊。風沿著河道吹來，白楊樹葉在我腦袋上方啪啪作響。在黑暗中，我通常不會遇見任何人，連情侶都沒有，看著他們有時會讓我難受，我卻不知為何。

我剛散完步回來。我的腿累了，但頭腦卻一片清明。已經過子夜了。我毫無睡意，還要多寫幾行給你，好好利用這短暫的緩刑，因為明天無疑又會是個熱天，而所有的思緒和行動都將被驅逐乾淨。

詭異的是，我在夜間地鐵的路途中這麼頻繁地遇見孩童！今天，快到第十二站時，上來了一個身軀龐大的白種女人，面色不善（她雙頰肥厚，嘴唇卻薄得出奇，毫無血色）。身後拖著一個戴眼鏡的黑種小男孩。她坐在我對面，短促地吠了一聲，叫她身邊的那個男孩（或許是她領養的？），他還一直漫不經心地向前走。

那男孩坐到我身邊，靠窗，然後開始東張西望，帶著羞怯的微笑。他手裡拿著一個小塑膠瓶，裡面長出了一朵花。事實上，仔細一看，那不是朵完整的花，只是一株更大的花的頂端，一株平庸的雛菊，插在某種灰色的土裡。他們可能剛從山裡或是郊區回來，拎著提袋和包裹。那男孩小心翼翼地把花放在窗沿上，滿眼柔情地端詳著，用手指輕敲著從花園或是花罈挖來的乾燥土壤。很明顯，他想要將這朵花栽在家裡，並對這朵花抱著很高的期望。但那朵花看來已經開始枯萎，顯而易見，因為它沒有根。

我不知道愛是什麼。你知道嗎？安傑洛，無所不知的你？人們對此說得太多了！彷彿一個人得追尋這個東西才能不枉此生。

我愛過他嗎？那個讓我穿過楓樹林，走在天空下，前去尋找他那些永遠未曾寄達的信件的人？

曾經有那麼一天，他有血有肉地來了，搭的是「直達」公車——從寬廣的世界放射出來，我每晚在路邊看它經過。而那天，它沒從我眼前呼嘯而過，而是順從地在牧師住宅前雜草蔓延的小路盡頭停了下來，雖然這個地點並不是預計的停靠站。他知道怎麼說服所有世人，連直達公車的司機也不例外！

在這期待已久的拜訪之間，我們做什麼了？我們去森林裡散步。那是十月。天很涼，很陰。我偷偷瞅著他的臉。這是張尋常至極的臉孔，略顯粗糙，並已開始浮腫，像這個國家人民的容貌。我們沒什麼好說的。終於，細緻乾燥的雪花開始飄了下來，落在乾枯的野草上、在冷杉樹上、在我們的頭髮上。

我佯作不經意地碰了他的手。他的皮膚很冰冷，毫無生機，像松樹的樹皮。在這次造訪後，我再沒寫過一封信給他。我也離開了那棟牧師宅邸，它之於我再度變得和現實中的他一樣：一棟被遺棄的破房子，死者將門板甩得喀啦作響，爭論著他們許久之前便已化為塵土的遺產。

而我摯愛的通信者呢？所有我曾在某天（某個晴朗的春天，在那個像墓穴一般冰冷的教堂裡）在他身上發現過的空洞魅力，已然全部消逝。現在，墓穴真的空了，但這空洞已毫無吸引力。就像這兒的教堂一樣：空蕩蕩的老磚房，人潮成群穿過卻沒人知道為了什麼。他令我覺得可笑，他和他那些主日學的小孩及他的祝禱旗！他讓我想起一個老女人，晾著被蟲蛀爛、老早就該燒掉的破衣服。他怎麼能不注意到我們相遇的這個世紀，早已連同所有其他東西一起被扔進垃圾筒裡了？而他，我讚賞過其雙手魔力的他。他怎麼能不明白他應該逃跑，就算那表示他得赤身裸體、渾身浴血？

而我，不管怎樣，我逃走了。我逃離了這個地方，這個得提水桶上樓梯的地方，這個窗外的春天泥土氣味讓人誤以為傳達了什麼重要秘密訊息的地方。我拿祖母留給我的公寓換了另一間公寓，就是我透過窗子觀察輕軌電車站的那間。在電車站後面，有棟未完工的建築，混凝土的樑柱朝天聳立，兩台巨大的起重機一直待在同一個地方，因為發生了歷史性事件，許多工程都被打斷了。

某天，法蘭茨興奮地對我說，我來自一個每天都有歷史被人創造出來的地方。他忌妒我，因為在這兒，據他說，已經許久沒有事情發生了：一切都像一攤死水。至少有五年了，真的，人們老將危機掛在嘴邊，但沒人確切地知道危機是啥，或者是怎麼來的。

「在你們那兒，至少有些真實的事情在發生！」他嘆到。

我告訴他，人們就算沒有創造歷史和真實也能活得很好，甚至活得更愉快，但他真的不需要擔心：總有一天，這裡的起重機也會停止運作，因為說到底這樣無止無休地蓋房子有什麼用？

從這間屋頂挑高的公寓，這棟戰後打造的建築，我透過骯髒的窗戶（儘管我擦過，但在這國家裡，窗戶永遠是髒的）看著電車靠站，還有冬日的太陽，約莫下午三點便沉入混凝土樑柱和永遠凝固的起重機後方。這片歷史性的景色，我只有在G不在時才能品味。因為只要他在，我們不是吵架，就是在床上親熱。他比我年輕五歲，並且固執地宣稱他愛我。當有人跟我這麼說，我就想逃，因為這麼說的人，毫無例外，總帶著某種神情看著我，像是期待著我能回報三滴血，如果不是一條命的話。

無論我如何不停告訴他我不愛他，而且這多談無益，他卻還是堅持得很。這想法已經進了他腦子，讓他不斷地重複：「沒有你我活不下去！」

但從另一方面來說，肉身的親近會建立某種形式的連結，無關語言，無關一切。因為G，我多少躲開了孤獨。此外，我還有我的翻譯，這已經進行得不錯，有助於打發時間，讓我不那麼專注於物質的重要性。我感到自己裡面有足夠的力量，可以渴望孤獨。我願能在早晨唱著歌兒醒來，並立刻投身工作，偶爾外出，拜訪個什麼人，幻想一場不可能的戀情……

我暗中愛慕著一個男孩，我只見過他一次，在一個公共場合，和他僅說過寥寥數語。他似乎要去瑞典生活，因此和他相遇一點風險也沒有。我不停地夢到他。

我要G離開，但他不走。他夙夜匪懈地堅持說他愛我，說他沒有我活不下去等等。因此我買了條狗讓他帶出去遛，希望這能轉移他的注意力，但結果卻總是我在照顧那條狗。有一回當我不在的時候，他竟然把狗帶到他媽那兒，他媽當然討厭我，還跑來把狗扔到我臉上。事實上，這只是個比喻，她扔不動那隻狗，因為牠太重，連著牠那下垂的耳朵和壯碩的腿。我們叫牠狗狗熊（Nounours）。她也沒法打我，儘管她很想，但狗會咬她。這狗很黏我。有了狗，這比人還糟：你可以對牠說一切心裡的事，牠還是會雙眼含著可怕的忠誠凝望著你。

最後，舉起手來要打我的是G，而我也打了他，因為我以為他要殺我。就在那天，狗狗熊跳上一根尖刺，深深地插入牠的胸膛。我跑了好幾家獸醫，還親手為牠打針。那天晚上，我看到常出現在我夢中的那個人出現在電車站。他和他的妻子以及女兒在一起。那女人年輕貌美。他們似乎非常幸福。

你還記得我們拜訪你朋友尚皮耶的那個星期日晚上嗎？距今天剛好是兩個月，也正好是我們認識的時間，因為我們就相遇在那個星期日。你問我是否願意陪你去一個朋友家。如果我有時間，如果我不反對去尚皮耶家坐坐喝杯茶……我總是有時間，而且我從不反對這類的事。

你的尚皮耶是我遇過最奇異的受造物之一，在這鬼魅般的城市，在這即將消逝的世紀。我總會憶起他的那些芭比娃娃們，當我走在人群中、在街上、在美術館裡、在地鐵上……她們那樣安靜地待在櫃中，待在他為她們親手縫製的衣服裡，其中有些裸著身子，被塗上金色或銀色。

記得嗎！他向我們解釋，他正在製作一套名為〈貞德芭比在獄中〉的組合。監獄已經做好也黏上了。那馬呢？你向他問道。當時顯然已沒有馬了，因為他們難道會將馬也關入監獄嗎？貞德失去了她的馬，被囚禁著。

他相當認真，你的小丑朋友。他向我們提供了些草莓優格，並解釋：不應該在傳統市場買草莓，即使它們比較便宜，因為草莓在那麼多人的觸碰下腐壞得很快，那差價根本是虛幻的。

他的芭比真是舉世無雙。他以各種不同的情境幫她們拍照：芭比的生日（她幾歲了？我沒打算問），一個小偷潛入芭比的公寓內，用刀子傷了芭比，血流滿地；小偷芭比在斷頭台上，斷頭刀正往下掉……還有一系列的芭比殯葬照片：芭比置身棺中，被玫瑰、陪葬品及一座新墳簇擁著……

尚皮耶說他曾將這些照片寄去芭比報，但從未被登出，因為它們不符合廣告要求。我們隨意翻閱著這份美國出版刊物的某一期。其中談到了一件可怕的案子：一個小偷潛入了一位著名芭比收藏者的家中，而後為滅跡放了一把火（他對芭比不感興趣，他只拿了錢和有價值的東西）。這場大火製造了上萬個受害者，其中許多是相當罕見而珍貴的芭比。

我記得尚皮耶還給我們聽一張自然環境音的唱片：平靜的鳥鳴，布穀鳥的叫喚，遙遠的鐘聲，潺潺流水聲。

若說這次拜訪令我想起了什麼，就是要對你透露一部份我今早的夢。我夢見我是個芭比娃娃，一個法國警察在街上將我攔下，要求檢查護照。我給他看我的蘇維埃護照，那本在現實中我已不再擁有的護照，於是警察向我宣布這護照不能在公廁和公園使用，接著他便要求我脫掉衣服。我向他道歉，但我其實不在意。想到我成功地騙了他時，我甚至感到勝利的快意，因為在這身衣服下，有的僅只是一層塑膠娃娃皮，冰冷而純潔。

今天，在公園一株高大的椴木下，我望著天空。在不遠處有一座玫瑰花圃。在這樣的熱度下，玫瑰花的花瓣快速地流失。我聽見她們無止盡地凋落。但或許她們其實是從空中飄落：有片雲在高處……

我覺得好像已經沒什麼重要的事可對你說了。我不想再說話了，即使是對你，我難以忘懷的安傑洛。對於作為人類的一生，我的證詞已接近終了。

我的聲音變得如此微弱，以致於麵包店的店員小姐聽不清我想要什麼。我得用手指著麵包。很快地，她將會停止看我。我在這兒的存在將變得不可能，因為青草不生於麵包店中，而是在他方，在遠處。

獨自一人住在法蘭茨的公寓內，每天早上我都會被垃圾車的聲音吵醒。在這條緊鄰塞納河的小街上，汽車幾乎是無止無休地穿梭經過，有些會在這棟建築前面停下。但吵醒我的，總是七點前後到來的垃圾車。太陽已經升起，鳥兒在河岸邊的一棵樹上鳴唱。

整個城市彷彿沉默著，只聽見屋前的垃圾車低聲隆隆。我聽著自己的心跳聲、大垃圾桶的塑膠滾輪在中庭拖行的聲音。接著垃圾車發出轟然巨響，排氣管散發的嗆鼻臭氣穿過窗戶進到房裡。繼續低吼了一陣子之後，它終於開走了。但還得再等上一會兒，這城市的聲音才會重新湧出：河對岸無止無休的車流，救護車或是堵在車陣中的消防車單調的喇叭聲，簌簌森林中一隻大鳥的鳴叫聲（那是野鴿，我叔公爾恩斯特說），在寬闊而晴朗的白晝，鳥兒不住地鳴叫，一聲又一聲，卻無法逃脫森林，或是夏日的囚禁。

有時我又會昏昏睡去，但通常垃圾車過後，我再也無法入睡。我起身，用電動咖啡機煮咖啡。我將昨天的濾紙和咖啡渣丟入垃圾桶中，發出輕微的摩擦聲。那是誠芳超市（Franprix）或是單一價超市（Monoprix）[1]的購物塑膠袋，或是我從阿拉伯雜貨店買水果的薄塑膠袋，粉紅或藍色。法蘭茨曾對我解釋他從不買真正的垃圾袋（你知道，黑色那種），因為他是環保生活的擁護者。

當咖啡滴入壺中時，我會坐在在靠窗的椅子上；我點上這天的第一根菸，有時候我連抽都不抽，只是看著小小的庭院，裡面似乎只有廚房的窗戶可看，窗扉永遠是掩上的。在底下的陰影中，正午太陽也永遠照不到的地方，擺著一個綠色的垃圾筒，已再度被倒空，等待著。晚點，出門時，我會在垃圾袋上打個結，封住我生活的一切痕跡：優酪乳罐、塑膠礦泉水瓶、葡萄柚

1 兩者皆為法國連鎖超市。

皮、一盒乳酪、一瓶我已厭倦的除臭劑。然後，我用指尖提著這個輕若鴻毛、微微作響的小包，潛入庭院，將它扔進垃圾筒。有時候，垃圾筒幾乎是空的，而在掀開蓋子的時候，我還能聞到輕微的酸味，屬於昨日的垃圾，屬於被抹去時光中的死者。

翌日清晨，垃圾車快到的時候，我又睜開雙眼前去窺探。要到垃圾筒邊，他們得駛進前門，穿過電梯間。門開了，腳步聲迴盪著。我伸長了耳朵，想知道他們會不會偶然地上樓來。要是有人下令他們將住戶也都清走呢？很快，我們就不會再需要人類來製造垃圾了，系統會自行處理。商品在誘人櫥窗的人造燈光下沉睡，在迎接它們的垃圾桶裡入夢。售票機將繼續轟轟隆隆地運轉。金錢將繼續流通。辦公室裡的燈光會繼續在中午被關掉。然後再沒有什麼會令人想起人類，正如同沒有什麼能讓人想起昨日的垃圾。

我凝坐在椅子上，怒視著電話。那是掛在牆上的一個白色小東西，線圈懸著，一副無辜的樣子，彷彿對一切都渾然無知。當然啦，這騙不了我，但我也沒能在案發當下逮住它。我死命盯著它好幾個小時，直到它成為遙遠虛空中的一個小白點。在那兒，某個地方，應該能聽得見你的聲音，安傑洛，能宣告對我的判決。我不想在睡夢中被突襲，因此我一夜未眠。我轉身背向敞開的窗戶。等到電話已經幾乎要在我的視野裡熔化，話音已經上路的時候，我突然聽到身後傳來翅膀拍動、腳步落下的聲音，一聲笑爆開，像是樹梢間的冰雹。我轉身一躍而起。外面，在窗戶後方，天還亮著。大地和天空一樣，沒有什麼特殊的東西捉住視線。就在這時候，電話響了。

一分不差，那天，就在電話鈴響的時候，在聖路易島的那間公寓裡，一切都已結束，寂靜占領了整個空間。只有莫札特的交響曲還在雷射唱機裡迴旋。他的慢板將寂靜包裹起來，像透明的塑膠薄膜。剎那間，他已為痛苦所支配。對於其他的一切他已失去意識。蜷在這世上他唯一剩下的堅定信念上。然後，連這他都鬆手了。只剩我孤身一人在這公寓裡，這寂靜中。這塑膠薄膜令我感到窒息；莫札特的交響曲令我無法呼吸。我感到整個人空了，薄得像一頁紙。不久，我就要讓自己溶化在從窗後看見的那方灰暗天空中，在河上漂動的空無裡。

就在這時候，電話響了，鈴聲讓我重新感到我的體重。我又感覺到了我的椅子，我像火一般跳動的心臟，流過我背脊的汗水。

電話響了兩到三聲，然後才開始說話。答錄機開著。說話的聲音帶著堅定而不可辯駁的語調，但我一個字也聽不懂。我只感覺到壓在地板上的身體越來越重。接著我聽到細小的喀啦一聲，間歇幾次的單調聲音，然後一切又重歸寧靜。我有種無法抑制的感覺，想要再聽一次那條訊息，再聽一次那充滿活力、從人類世界傳來的聲音，重新賦予我肉身的聲音。我想躲進這個聲音，就像生蠔躲在牠的殼裡。

我走近電話，按下答錄機的按鈕，傾聽機器裡傳來的聲音，幾秒前，這個男人的聲音，他才剛沉著又篤定地要人回撥到如下號碼，如此要求那個剛鬆開自己痛苦的人。我聽了這個愉悅而無憂無慮的聲音好幾次，要求著不可能的事，一刻也沒懷疑。這終於讓我平靜下來。方才發生的事情，好幾年前就已經發生過了。我將兩個杯子裡的東西倒進洗碗槽裡，讓水流了一會兒。接著我將兩個杯子丟進垃圾袋，綁上袋口。我將袋子拎在指間，離開了公寓，然後是整棟建築，然後在路上走了好長一段時間。

我不知道走了多久，也不知是往哪走去。總之走得夠遠了，因為我逃過了他們，他們也不會再找到我。我就在那兒，在我房裡。電話響了。我接起來，但卻不是你，安傑洛。撥錯號碼的。對方要找某個名字我聽都沒聽過的人，也許是過去的房客。

也許某天，當我已不再住這兒（我已經想離開了，儘管我的告解還未完全結束，但或許就該保留它不完整的樣子？），會有人打電話來要找我講話，而另外會有個從沒聽過我名字的人接起電話。整個世界都充滿了在空房間裡響起的電話，以及在答錄機裡不斷重複的，給死者的訊息。

昨天，我在阿拉伯人的店裡買了個芒果，整個兒被我吃光。我好久之前就看準了他攤上的這些水果，但卻一直不敢買。我以前從沒嚐過。裡面靠近果核的地方，有點樹脂的氣味，像大熱天裡在太陽下如蠟燭般溶化的冷杉樹。果肉是鮮豔的橘色，味道甜美。這個芒果讓我想起：我該追隨陽光，我的旅途尚未終結。今天在離開住處，穿越熱得過頭的蒼白石子路時，我才明白這點。我一如往常地走著，垂著頭，一絲汗在額上，試著適應灼人的空氣。

這兒的太陽猛烈，但並非毫不容情。當它的光芒射穿汽車鋼板和玫瑰上的薄霧時，其中甚至有某種溫柔。

這個芒果來自象牙海岸。

簡言之，我得前往里斯本。佩索亞[1]有句詩說到：「豔陽高掛日頭（每

---

1 費爾南多．佩索亞（Fernando Pessoa），葡萄牙詩人與作家。布魯姆在《西方正典》中將他和聶魯達譽為最能代表二十世紀的詩人。在文學上以創造角色，並讓角色與作者自我之間互相通信，交流思想的創作方式聞名。

日／在里斯本）……」這句詩在我腦裡縈繞不休。我得去里斯本確認。

佩索亞。你讀過他的東西嗎？我知道，要是在電話裡問你這樣一個問題，你會說你徹底沒文化，在一生中沒唸過一本書。如果這是真的呢？如果你這樣說不只是在虛張做勢？那該算是挺了不起了，什麼都沒讀過。

我，舉例來說，我就是個書本的受害者。我甚至還寫詩，當然，寫得很差勁。在那兒，所有人都寫詩，那是民族運動，像足球在英格蘭一樣。我們也讀這些詩，相信它們比它們的意義更有意義。我們騙了自己。在那兒，東歐。在十九世紀。

佩索亞還寫了下面這兩行詩：

廣闊的沙漠，一切盡是沙漠，
除了錯誤，當然。

你是對的，安傑洛，一個人得日復一日地不斷說謊。一旦開始了，人就無法回頭。謊言必須越長越大，好讓人們相信，好讓人們不敢稱它是欺騙，好讓它變得「太過可怕」。

我愛騙子，眼神明亮的招搖撞騙者，就像你，安傑洛。對自己的圈套了然於胸的風趣流氓。但願我自己也能加入他們的團契。

我特別喜歡你告訴我的關於你職業的事。所以你跟我說的是真的嗎？你在咖啡店當咖啡專家，但對咖啡卻毫無概念？你單是用無賴的兇狠目光便迷惑住所有的經理？你僅只是啜了口他們遞給你喝的東西，用嘴巴咂兩聲，在臉上作出沉思的表情，接著，意味深長地停了一會兒，再從你的唇邊脫口而出：

「檸檬。」

「酸香草。」

「哈喇奶油！」

然後那些企業行銷經理便開始關心起文件來；重訂合約；傳真機憤怒地咆哮；船艦出航；非洲或是亞洲某個可憐的村落慘遭饑荒；另一個則興旺發達。

而你，我如天使般不知羞恥的朋友，人們將你介紹給新的經理，身份是「傑出的植物學家」。

法蘭茨應該要騙得更明目張膽一些，那肯定能救他一命。我無法忍受他的真誠。

他持有父母留給他的股票。我意外得知這件事。我撞見他在讀報紙上的財經副刊，正研究著證券交易行情，謙卑地垂著脖子，像正在禱告的修士一樣。我問他在讀什麼，他回答，略帶羞愧：「我的股票市值。」

「不管怎樣，它們總是下跌，」他很快又補上這句，像是某種辯白。他對我解釋，他的家族「部分」持有某個工業集團的股權，製造的產品還包含戰鬥機。

「不過民航機的產量不斷在增長，希望能保持下去，尤其是現在，在新的世界情勢底下，對戰鬥機的需求無可避免將下降。」他還跟我擔保。這些股票完全不符合他的左派觀點，但說到底誰持有這些股票並不重要，這一點也不會改變什麼。

我驚奇地問他為何覺得需要為自己辯護，難道他不覺得戰鬥機美麗？也不喜歡幻想某天他的戰鬥機扔下的炸彈會將一切夷為平地？

他露出怪異的表情，彷彿我給他看了什麼令人厭惡的東西，並且對我說我講的是蠢話。

我試著使他相信我是在開玩笑，但我知道自己已經撈過了界，有些事情說笑不得，就算在私底下也是一樣。法蘭茨堅持並非所有事情都是個笑話。

但我想，如果不是玩笑的話，那又會是什麼？那麼，當我在報紙上看到法蘭茨的名字，後頭寫著「自殺身亡」，那是什麼？報紙把這當作事實來報導。況且，還是個絕妙的事實，因為有個重要的政治人物也才剛自殺，而所有帶著自殺味兒的新聞都是報紙的珍饈。也許這就是為什麼沒有人對自殺這點感到懷疑。這太正常了嘛！

別再談我的旅程了，我可憐的人兒；我們
別無他事，意已闌珊
許久。正似久病磨煞
苦痛，長盼蝕盡歡愉。

（賽薇涅夫人致其女兒，一六七二年，七月十一日，星期一）

沒錯，盼望就像是種病。我似乎已不再為其所苦，似乎已停止期盼，似乎已再度準備好感受痛苦。

酷暑已過。今晚，我去公園逛了一圈。多麼涼爽啊！我身上只穿了一件薄絲襯衫，全身都感受到這恩賜，就像回到了北方，走在夏日夜晚的鄉間小路上，待得太晚，太陽隱沒在森林後面。子夜將近，還可聞到透過綿杉傳來的牧草沁涼。

今天是聖體節[1]。在離這兒不遠的一間修道院旁邊，我看到了遊行儀式隊伍，一小群零星的信徒揮舞著聖像和旗幟。有個老人扛著對他而言顯然過於沉重的木頭十字架。上面的基督表現得十分寫實：那些傷口和血都像是真的一樣，讓我想要在上面敷上車前草的葉子，好讓高燒能最終退去。

今天在公園裡，相較於那些水面上的空氣幾乎凝固的炎熱夜晚，人顯得相當少，只有少數幾個形單影隻。也許今天對散步而言太冷了。那罕見的幾個人也許是我的共謀，我的兄弟。他們也在瀰漫著樹脂氣味的黎巴嫩雪松那寬大的枝椏下停住。他們也任由山毛櫸深沉的樹影輕撫。他們也將面孔深深埋進晚開的茉莉中，在花間尋找甜美的陶醉。

在長椅上，坐著一個男人，像鬱金香一樣筆直，讀著一本書。

1 Fête-Dieu，又稱為 Corpus Christi，日期在復活節後六十天，聖三一主日後的星期四，主要是羅馬天主教與英國聖公會紀念這個節日。

你說是不是，安傑洛？植物渴望太陽，太陽冷酷地讓它們的花朵凋零，鞭笞它們的種子，加速它們走向成長與死亡。但只有在雨水與清涼中，植物們才能寬慰地喘息，讓莖幹舒張，讓花瓣重新闔上，潛然入睡，讓葉子再度伸展。

如你所見，我哪兒都還沒去，雖然我幾乎已經什麼都跟你說了。我不知道該怎麼停下來。我無法想像再也不跟你說話是什麼樣子。但既然我已經找到了開頭，我就得在某個時候找到結尾，就算得透過暴力。所有結尾都是暴力的。

我做了什麼呢？我漫步穿越悠長而空洞的日子，其中沒有人也沒有什麼東西在等待我。在龐畢度中心裡，我任憑電扶梯將我帶到圖書館區，但那兒卻已大排長龍。我不想待著，因為我覺得等待的隊伍有種煙燻香腸發霉的味道。每逢店家擺出來賣，祖母就差我去排隊的國家訂價香腸。「去排隊，」祖母會說：「我半小時後來找你。」隊伍既無聊又沉悶。後面的人會往前推，冀望貨品別在輪到他們之前銷光。然後，這條香腸會在冰箱裡待到天長地久，因為祖母只切極薄的薄片。我得吃下去，儘管這東西讓我噁心。就像是聖餐餅一樣，只是用一小片圓形的肉代替麵餅，表面很硬，上面還發霉。「好啦好啦，」我祖母老說：「發霉，那沒什麼，刮掉不就得了？」

我又搭電扶梯下樓。這次和我交錯的腦袋都向上飄移。耳朵裡塞著耳機，我聽著韓德爾、巴哈或是U2。我什麼也聽不到，像是電影裡那個上世紀的女人，而且我還成了啞巴。我害怕看手錶。我怕時間還太早。為了騙過手錶，我去了羅浮宮，繼續和腦袋錯身而過：那些好久之前就已死去的希臘人或羅馬人的腦袋。

另一個逃過時間的可能是走進書店，狹小、沒有太多書那種。說實話，連那兒書都太多，但至少不像法雅客（Fnac）一樣令人疲憊。在一間小書店裡，你可以拿起眼睛所見的第一本書就開始閱讀。一本書可以因為各種理由吸引你的注意力：標題、怪異而令你模糊回想起什麼的作者名字、封面的插圖……不存在文學這東西，存在的只是個別的書本進到書店，就像是信件、報紙和廣告單張進到郵箱裡。每一個裡面，都有個人在訴說他的故事、表達他的思想、發出呼籲……我們讀或不讀都一樣。

世界文學！這聽起來和「維和部隊」一樣空洞。只有在東歐還有世界文學，在某些文學教授幼稚的腦袋裡。

我特別鍾愛小出版社發行的業餘小說作品。有時候我會在書店裡看完一整章，這給我某種愜意與輕盈的感覺，能持續一整個下午，彷彿有個不幸的人拉起了我的手，欲言又止地向我訴說他所受的無邊苦楚，而我則興奮地點著頭：對，就是這樣，和我的感覺一模一樣！

在書店裡，書都還是新的，很乾淨。還沒被人讀過，尚未被任何陌生的肉體接觸過。它們既輕逸又偶然。不像圖書館裡的書，既粗糙又骯髒，壓在書架上，隨時都有從板壁間掉落的風險，提醒人們那些令人嫌惡的字眼：

指定讀物！

沒文化的農民！

我們的歷史！

我恨圖書館！在那兒我圖個什麼？我難道想裝出一副比我自己更高貴的樣子嗎？掩飾勝家縫紉機上的皮帶、《人民之聲》日報、還有每晚從剝落的油漆後面跑出來飽享我鮮血的臭蟲？

當我離開書店時，外頭已經下起了雨，一陣陰冷的惡風吹得樹林東搖西晃。就我所知，在我原本的國家裡，六月不可能有這樣的天氣。我將家鄉的天氣塞進行李帶上旅程，再從包裝紙中取出，就像我們帶上旅途的餡餅。每次我們出發去鄉下，到我祖母同母異父弟弟那兒，我們一定得自備食物。我們每年會去個一兩趟，那是我們僅有的旅行。當然，少了祖母，我哪兒也不准去，除了學校班級的春遊是唯一的例外。

我會在好幾個月之前便開始期待旅行。「爾恩斯特叔公的生日還有幾天呀？」我沒完沒了地問祖母。要是我能決定的話，我們早就手插口袋，搭上第一班火車走了，一刻也不耽擱。但祖母在離家前總是細心地準備。出發前一日，她準備著餡餅，為了有東西能帶給她的弟弟（「我們不能空手到人家家裡！」）也讓我們在路上有東西吃。一定得為路上準備一些食物，儘管在我看來，那些餡餅我們大可在車站的自助餐廳買。我祖母看不上這種餡餅，但那時我真的是太想要了，於是我給自己一個承諾，遲些等我成了大人後，我要永遠買車站自助餐廳的餡餅。

「我不知道那東西能不能吃！」我祖母一臉猜忌地說。最好是自己身上帶著食物，旅途可能會比預計的更久，延長好幾日甚至好幾星期，天曉得最後會停在哪兒。搭火車，我祖母經驗可多了。她從不卸下頭巾，從不解開大衣的鈕扣，儘管車廂裡溫暖得很。整個旅途中，放著餡餅和她心臟藥的箱子總是放在她膝蓋上。火車要開三個小時才會到我們的目的地。路程還不到一百公里，但那是班特別慢的車，椅子還是木製的（我們稱之為

「木頭火車」）。它每站都停，在冷杉或是樺樹林間，好讓那些穿著運動長褲、提著塑膠桶採蘑菇的人下車。在這期間，我雖然不餓，卻還是會哀求祖母給我個餡餅，只為了打發時間。進食是進山之旅的一部分。就我記憶所及，在那兒的大部分時間，人們都拿來吃東西或是討論吃的東西。老叔公的妻子有頭母牛，她給我新鮮牛奶喝：「多喝點，你在城裡可沒有這樣的奶能喝！」

「城裡的牛奶不過是水罷了，連在瓶子上都無法留下痕跡。」祖母加油添醋地說。我注意到，在那兒，她對什麼都表示贊同。爾恩斯特會給我們過冬用的馬鈴薯。

我們的主菜是馬鈴薯淋醬汁。鮮牛奶會讓我的肚子咕嚕作響，腹瀉不止。我小口地從盤子裡啜著，讓祖母感到很丟臉。爾恩斯特和他老婆狼吞虎嚥著馬鈴薯和醬汁，數量之大令我驚嚇。「咱們先吃，」他們說：「之後再去挖馬鈴薯。爾恩斯特！去把集體農場[1]的馬牽來！」我得陪爾恩斯特，在小馬車裡搖來晃去，踏上兩旁盡是赤楊木的無趣小徑，一路上塵土飛揚。在鄉下，大部分時間我都無聊得緊。一旦到了那裡，我便開始熱切地想念城市，想念我們的公寓，以及還不會馬上開學的學校。

我曾熱切地盼望前往鄉下，但在那兒，時間的流動更加遲緩。事實上，我想要的只是離開。在鄉下的日子比在城裡還長。到處都覆蓋了一層茂密的綠草，和密不透風的赤楊樹叢。你得隨時注意腳下，免得踩到牛糞。唯一有趣的，是睡覺，因為他們為我用兩張手扶椅頭尾相並拼出了一張床。我把它想像成一艘軍艦，將我帶往遠方，速度之快，恍如日月年歲在我眼前如閃電掠過。

1 Kolkhoze，指蘇維埃聯邦時期的集體農場，是史達林的政策。

直到今天，我還是會想要一艘這樣的船。一艘能帶我更快地穿過此生，讓時間不再令我感到害怕的船。或至少能帶我遠離爾恩斯特叔公的田野，那個直到今天我還站立其中，雙手插在褲袋裡，看著馬鈴薯的莖葉在風中彎下，什麼也不能做的地方。

還在這兒。雨正下著。被雨滴擊中時，白蠟樹的葉子猛然下墮，像黯啞的琴鍵。我在雜貨店裡買了瓶便宜的紅酒，在塑膠杯裡倒了點兒，摻入一些糖，不然就太酸了。漸漸地，痛苦緩解了，被一種溫熱的遲鈍給覆蓋，從腳開始，向頭頂冒竄。事實上，我一點也不覺得痛苦；我編這些是為了娛樂你，為了看來文藝一些。

文學讓我噁心——但我想這我已經說過了。此外我應該將能說的都說完了。現在我該做什麼？等待？生命走得如此緩慢。要是我能夠閉上眼睛入睡，在你的身旁，在你的體熱中，直到生命完結……我在說什麼呀！我拒絕別人給我的熱情和親近。我想要的都有了，還需要什麼別的？

要不要在我臉上鑲金箔，用芬芳的香膏塗抹我，將我放進沒有噪音能穿透的石棺中？像我今天在羅浮宮看到的那個埃及男孩一樣（那裡可以走路而腦袋不被雨淋濕）。但他已經被從石棺中取出，展示在玻璃櫥窗中。我們什麼也不能肯定。就連墳墓都被人鑿開，好讓所有人踏過。

在羅浮宮裡，一張床吸引了我的注意。我得親手觸摸才能相信那是大理石。它看起來是那麼柔軟！彷彿那尊雕像是躺在真的軟墊上一樣。那張床的年代是十八世紀，至於那尊雕像，則是古代的作品。對不同世紀、不同年代的睡眠概念，對溫柔的遐想，全都匯聚於此。雕像的名字是《沉睡的赫瑪弗洛狄忒》[1]。從大廳看過來，她是個普通的女人，但當你走近，端詳另一側，他又是個男的。我聽到一對夫婦左右為難：

「這是故意作成這樣的！」男的惱火地說。

「是嗎？」女的問道，滿是疑惑。

---

1 L'hermaphrodite endormi。赫瑪弗洛狄忒（Hermaphrodirus）是古希臘的陰陽神，他的名字後來也是西方語言中雌雄同體（hermaphrodite）一字的來源。

我不想要我本該想要的。當法蘭茨從史特拉斯堡或是日內瓦回來時（那是另一個週末長假，聖靈降臨節，我想），他問我有什麼打算：我的補助要結束了，但讓我留下來對他來說一點也不麻煩，只需幫我安排一個「延期」（但他忘了補充，這麼一來，他對我就有完全的權力了）；我還沒打算回到「那邊」吧？

我回答說我還沒有什麼特別的打算，也許會回去，我哪知道？我一定維持了某種無動於衷的冷酷模樣，因為法蘭茨開始生氣，並對我吼叫。他緊抓住我的肩膀搖晃起來。我任由他搖著，疲乏地想著：想對我怎樣就做吧。那是個酷熱的日子，我昏昏欲睡。法蘭茨怒吼著：「你瘋了！沒有正常人會拒絕我給你的提議，還想回……回……」

（他找不到正確的字眼。）

就在那時候，我突然有醒了的感覺，我同時瞭解了，我該結束這一切，任何人都逮不到我，我再也不想要任何我本該想要的，而我會在最後一刻從他們的指縫間溜走！

我不再被動。我看著法蘭茨的眼睛，說：「不，當然，我不會回那邊去。」他一時間沒理解我在說什麼，我只得將那句話複述一次。這會兒他溫柔地笑了，以幾乎是兄弟般的熱情緊緊摟住我，請求我原諒：

「原諒我，我失去控制了。但是你知道的，我有時候無法忍受你那種表情，缺乏意志，幾乎沒有人性！」

他突然間變得溫柔而滿足，這個法蘭茨。一切又回復到應有的樣子。世界的秩序又被重建了。我到廚房去調琴酒通寧。

我跟你說過他有時候會為了他的心臟喝幾滴藥水？事實上，他沒什麼大病。那只不過是刺激他對死亡的恐懼。

「這不過是種無害的興奮劑，」他解釋，「順勢療法。再說，這一點味道都沒有。但要是我吞下半瓶這東西，那我就玩完了。」

這種想法讓他感到興奮。

「我試過一次，」他補充：「被救回來了。沒用。」

我打開了冰箱的門。後面的事，你都知道了，幾乎。在一個杯子裡，我倒了整瓶的心臟藥水，而另一個杯子裡，則只有琴酒和通寧水。

這是我寫給你的最後一封信，安傑洛。我不知道我是否真的想寫這封信，給你。你似乎離我好遠，像無用的發明一樣。但既然我開始了這場告解，我就該繼續到底。這場告解？我匆匆讀過到目前為止我寫給你的信。在這裡面可有一句真話？

真相是，我找到了這些信件，在一個電腦硬碟裡，在塞納河裡。對，就像過去人們在蘆葦叢裡發現被放在籃子裡順河而下的嬰兒[1]。就像直到今天在這條河裡還能找到的溺死者。夜深了。這是個悶熱的夜，幾乎不能呼吸，此時整座巨大的城市都困難地呼吸著，在浸濕了汗水的被褥中輾轉反側。我遊蕩在橋上與河堤邊，直到夢遊般向下走到水邊，到法蘭西島的尖端，在胥黎・墨蘭廣場（square Sully Morland）上。在那裡，河面突然變得寬闊而狂野，

1 指摩西的故事，見舊約聖經，出埃及記。

城市的燈光再也不能照亮一切。遠處有輛地鐵列車從橋上駛過，像是從地底深處竄出的幽魂。

我站在那兒，在水邊，什麼也沒想。河水散發出一種幾乎微不可聞的沁涼。花園裡傳來窸窣的竊竊私語；有人潛入灌木叢裡；有人呻吟著，因為痛苦或是歡悅；橋上有人吹了一聲尖利的口哨。對我虎視眈眈的，是這個過長又空洞而炎熱的白晝、這個在我身邊騷動不已而耽溺情慾的夜晚所激起的迷茫昏沉。我黯淡的眼睛盯著像油一般發亮的河水，就在這時，水裡突然伸出一隻手，一隻蒼白乾枯的手，要遞給我某個不知名的東西。我沒有時間思考，我想抓住那隻手，對，就只有那隻手。我想將它拉近我，或是讓它將我拉近它，我不知道。這就像是個命令或是召喚。在我快速伸手向前、差點沒失去平衡的同時，我做勢要抓住它，但在我指間留下的，只有這個薄薄的盒子。

那隻手消失了。又一輛地鐵列車從相反方向駛過橋上。一陣狂風在水面上掀起一片漣漪，令我霎時清醒。但我只不過喝了一杯啤酒。我已想不起那時是幾點了。

我的神祕作家！我在這座城市裡遍處尋你，我在地鐵月台上追逐你的背影，但是當你在電扶梯上回頭，我看到的卻只是陌生而冷漠的臉。我坐在咖啡店裡，試著從太陽眼鏡後頭看出去，但總會有某個動作讓我觀察的人洩了底：那不是你。我甚至不知道你的名字，於是從我內心深處開始把你叫做你的——後來也成了我的——親愛的收件人。你不是叫他做你的鏡像、你的雙生嗎？天使可以同時擁有兩個性別。但祂們極吝於向我們顯現，而我們也只有在祂們經過後才驚覺：祂曾在那兒，有些事情改變了，或者應該說一切都已經和過去不同了，但那一刻已永不復返，就算祂再回來，天曉得我們能不能認出來？

我經常回到這個緊鄰水邊的河堤，這個河水突然變得寬闊而狂野的地方。你可以看到，在遠處，駛過橋上的地鐵列車像穿過水一樣穿越夜晚，彷彿這個世界是在水底下，在另一邊，而非我們所在的這邊。我看著水面，像是個邊境，真實的世界在它後面展開，我等著從那世界裡突然冒出你的手、或是水面上簡單的圓圈，一個預兆，讓我知道我有權進去。但什麼也沒發生。一陣狂風吹皺了河，將我上方的大樹吹得颯颯作響。颯颯聲中有人呻吟著，因痛苦或是歡悅；一聲尖利的口哨從橋上傳來，但我什麼人也沒瞧見；某人的慾望被滿足了；一具沒有生命的軀體倒在另一個人的種子灌溉過的草地上。隨處可見都是蓄勢待發的肉體，安傑洛，但心靈卻無處可尋。

該做的，只剩把這封最後的信寄給你這件事了。現在你一切都知道了，我不想為自己保留什麼。

如下：

好多時間過去了。一星期，甚至更久。無論如何，信件和交易明細已經在我的信箱裡堆積起來。我坐在床上，花十分鐘看完我所有的信件。我不在的這段時間似乎被一筆勾銷了。十分鐘，什麼都算不上。

然而那走在星光下的確實是我。我迷了路。風裡有海和牧草的氣息。沒錯，海和牧草，這我可編不出來。但也許這個回憶也是來自他方、來自那兒、那個失落的世紀？像是在那個樓梯上的鄉間小店，在空無一物的收銀機旁、在荒蕪的公路邊、在照亮我陌生雙手的路燈底下？

不，不可能是那兒，因為在那兒六月看不到星星，夜晚太亮。而且那裡也沒有高速公路。事實上，那是條國道——我們沒有權利沿著高速公路走，那兒沒有屬於人類的地方，連車子都沒有權利停下來，除非駕駛感到死亡迫近。好吧，我站在一條國道邊上。太陽烘烤著我已經近乎燒盡的臉。汽車急速駛過。我甚至不用費心舉手招車。我不覺得車上的乘客看得到我，因為陽光太過明亮。國道旁邊有片長滿虞美人的小麥田，田邊有個女人捲起灰色的裙子在拔草。這應該是一千年之前了。小麥翻騰、閃耀著。

她將草束放在地上，重新站起身來，舉手遮住陽光，看著某樣東西。看什麼呢？公路上那些像飛蛾撲火般撲向耀目陽光的汽車？她看得到嗎？她看得到我嗎？我站在邊境上：什麼都看不到我，以它們自己的速度如鉛般熔化的鬼魂不行，為了今晚餵食牲畜而拔草的女人也不行，因為很快白晝就要走到盡頭了。她有雙結實、古銅色的腿，虞美人輕拂過她捲起的灰色裙襬。

有次我在報紙上看到「邊境國」[1]這個字眼。人們如此指稱我所來自的國家。這是個政治語彙。還很恰當。一個邊境國無法存在。邊境的這邊有東西，另一邊也有東西。但邊境本身不存在。有國道、有小麥田、有乾渴的高大樹木，但將它們分開的邊境在哪？它是無形的。要是你正好站在邊境上，那你也會變成無形的，對這邊或那邊都一樣。

1 pays frontière/border states 一詞，在此指的是從一戰、布列斯特條約（treaty of Brest-Litovsk）、乃至德國戰敗後，從沙俄獨立的國家。在兩戰之間的時期，西歐有所謂的邊境國政策，目的在結合這些國家抵抗蘇聯與共產主義的擴張。邊境國包括了芬蘭、愛沙尼亞、拉脫維亞、立陶宛、波蘭、羅馬尼亞，並曾包含白俄羅斯與烏克蘭。該政策未曾真的成功。二戰後，除了芬蘭，其他所有邊境國全都被納入蘇維埃聯邦。

我沒能去到里斯本。在巴黎附近接我的車老早轉了另一個方向，朝西，帶著我，前往大海。

事情就在那兒發生了：我感到彷彿大病初癒。那兒，哪兒？是在這間鄉村旅館裡，在我打開窗戶，同時聽到在空無一人的廣場對面傳來教堂鐘聲，在我耳裡轟鳴的時候嗎？不，不是那兒，還沒到那兒。那時，我可能只是上路罷了：我鬆開了韁繩，將包袱背上肩膀，發現它們如此輕盈！

我甚至還和村民一起參加了鐘聲通報的彌撒。這並不重要也沒有意義。這都只是在我選擇的路上踏出的一小步，突然間我心神平靜，什麼也不期盼，什麼也不抗拒。真的，沒有什麼特別的。幾個粉紅與靛藍的聖母像、依慣例語音輕柔的神父、幾個瞪大了眼睛盯著天花板的木雕怪臉。人們唱著一首叫人不要害怕「在上帝的腳後跟跳舞」的歌。神父正是我在阿姆斯特丹的老教堂裡遇過的那位，我夢裡那個藍眼睛的乞丐，我為他張羅過炸馬鈴薯，切過幾片醃黃瓜。

我坐在教堂後面，和村民隔開。在我這排還坐著一個男人，不老不小，約莫四十歲。他手插褲袋裡，緊閉著嘴。只有在神父追念死者生平時才略顯生氣。他應該是為了死者來的，可能是他的妻子或是母親。應該是他母親。他看來就像是個一直和母親住在一起，已經無法和任何人說話，更不能和上帝講話的高壯農夫。

那是個周六夜晚。彌撒結束後，我走在一條從教堂直通大海的小路上。倚在白色矮牆上的玫瑰盛放，因天熱而略顯枯萎，葉子伸向夜晚的沁涼。接著我看到厚重濃密的小麥田、開花的馬鈴薯，已被松樹的影子追上，還有山丘旁狼吞虎嚥的母牛。

然後，某個清晨，我想去燈塔看看。那是在一座島上，在海上。過了它就無法再進一步。燈塔本身矗立在一切的盡頭；在它後面，只有荒蕪的峭壁和防波堤：船隻遇難的地方。

太陽，在旅館房裡，六點就讓我睜開眼，起身在赤裸的大地上。旅社是棟古老的建築，最後一棟高懸於海港上方，退潮時船隻擱淺在這兒的爛泥中，像是早已下定決心永遠不再移動。在我房裡，有個三門的大衣櫥。中間的門是一面大鏡子。前一夜，我在下樓前還對著這面鏡子端詳過我的臉。所有人都睡了。透過升降梯的窗戶，我看到一道奇異的蒼白光線依規律的間隔又明又滅。一開始，我不明白那是什麼。但我踮起腳尖看清了，那是燈塔的光線，在夜晚的空氣中勾畫出宏偉的圓。

一到清晨，太陽光立刻從窗戶照了進來，我愉快地想我可以去燈塔。外頭還很冷，地上覆滿了豆大的露水。旅館的服務生在平台上放了幾把傘。在小花園裡，有個女人已經彎腰在繡球花和大黃根上。那是最後一排房子，白牆藍窗櫺，在一片寬廣空無的地帶邊緣。當我走過時，那個女人重新站起身來：是我在地鐵裡遇見過的、說「小狗狗」的那個女人，是我在國道邊上看到、正在小麥田裡拔草的那個女人。我對她問了聲好，因為不發一言地走過似乎很奇怪。她回了我一個親切而冷漠的微笑。接著她又彎向她的花朵。

透過一扇開著的窗戶，我隱約看見了在這還未睡醒的房間裡，清晨的一小部份秘密。一隻貓坐在窗台上，清理著自己的毛髮。燈塔還很遠，但已經可以看見全貌。

在燈塔旁，什麼都沒有。低矮的灰草，上頭布滿了黃色的花朵，在風中彎折。巨大的紅色岩石。幾頭羊。

也許還有別的東西。我並不完全清楚。不管怎樣，我不能告訴你，連你也不行，親愛的安傑洛。那是我的秘密。

現在我已回到城裡。從前天起，似乎。在敞篷車裡飛速跑過五百公里的高速公路，和在沙漠中的同一個地點待四個小時一樣美好。在巴黎城外堵車了。在這之前，我不知道這個城市——連同裡面的咖啡館和美麗的大道——有多麼小，只不過是個可憐的旅遊村。真正的城市在郊區這兒：波浪般的鋼板和混凝土加固物被狂妄的太陽曬得白炙；購物中心有大卡車載來全新的商品；交通阻塞，每天都有人死於其熱度和廢氣，在度假的行程中、在回家的路上、或是在前往超級市場的途中；在一切的盡頭，垃圾場等著。

我的錢已用盡。我的金融卡業已被一台提款機吞掉了，在這兒，這個我最終抵達的海邊小城。路上空無一人。已是用餐時間了。太陽閃耀著，在提款機的活門闔無聲關上的那刻，我心想：「結束了。」

艾斯奇比昂[1]的田裡麥子還未成熟
我的飢餓還未成熟
還有時間

小徑在富饒的田野裡蜿蜒
延伸向海，穿過沙丘，
草葉的芳香飄向夜晚

怎麼能這麼甜美呢，主啊？
這是些什麼花？

1 Esquibien，位於法國西北部布列塔尼省靠海的城市。

這是什麼香氣？

我該回到落潮時的岸邊，
收集新鮮的貝殼嗎？
我該將沉重的籃子扛在肩上
帶到門前嗎？
但是哪扇門呢？

我該垂眼步行，
直到秘密顯現嗎？

與托努談文學、邊境、國

梁家瑜／訪譯

首先，我想為您同意接受這次訪談向您致謝。

家瑜：想問的問題很多。我想我們可以從台灣讀者或許會覺得最不能忽略的問題開始：書名。

我查了一下，「邊境國」（border states）這個字眼指的是一系列國家——包含愛沙尼亞——位於西歐與俄羅斯之間。這似乎是西歐國家的政策：讓「邊境國」成為防堵蘇聯共產政權擴張、深入到他們內部，乃至跨越他們的「邊境」。

我很好奇：如果我對這個字眼不是太誤解的話，那在蘇聯解體之前，這個字眼是否在愛沙尼亞社會為人所知？如果不的話，那我們的書名本身對第一批讀者——我是指愛沙尼亞讀者——而言，必然是一個新的概念，是不是？

另外，標題「邊境國」似乎意指「邊境國」並不真的存在，因為正如同書中的敘事者所說的，「邊境」是看不到的。然而，愛沙尼亞人民似乎有很堅定的國家認同，並期望他們的國家被看見。因此，藉由對愛沙尼亞讀者提出「邊境國」這個字眼，你是否有意喚起一些回憶，像是過去的處境、「胎死腹中的歷史」，亦或你想再現當前的處境（九零年代，因為你的小說是在一九九三年出版的），意即儘管已經獲得獨立，但作為一個愛沙尼亞人，仍然不全然是可見的？

托努：

書名是一開始就選定的。我就是喜歡這個字眼。對我而言，它從過去到現在都至少有雙重涵義。沒錯，這是個地緣政治詞彙，但在愛沙尼亞當時的政治論述中卻不太常被使用。此外，比較「正確」的說法是強調「我們」（愛沙尼亞人）過去以來一直都在歐洲裡面，而非歐洲的邊緣、極端（或甚至是外頭）！我甚至可以宣稱，因為這本小說，我或多或少將這個字眼重新引入了愛沙尼亞的日常語彙。同時，如果現在有誰使用這個字眼，通常都可能隱含這本小說和其中的對偶（東／西；貧／富等等）的指涉。

但是對我而言，這個字眼向來都還有一個心理上的意涵：猶疑不決、不願讓自己認同於這樣或那樣東西，不願意選邊站。書中的敘事者甚至還做到了隱藏他或她的性別！但當然，這種居間狀態（In-Between）並不存在，至少對大部分人來說是如此。

另外在邊境國（Piiririik）這個字眼裡，還有一層歷史／時間（historico-temporal）的涵義：在九零年代初期，剛獲得自由的東歐國家正處於轉型期，處於邊境狀態，就歷史而言。事實上，當時整個歐洲都是如此，但在西歐卻不這麼明顯。在西歐有種（至少是無意識的）盼望：讓在東邊的「他們」改變就好，但讓在這兒的一切一如往常！這種不願意改變，或者不願意去正視對改變無法避免的需要，這幾乎是幼稚的。當然，你無法改變一邊（東邊），又讓另一邊（西邊）維持不變。現在我們可以看到，某種曾備受期待的全新穩定狀態，不過是進入某種未知狀態的過渡期。冷戰之後，我們進入的不是和平與穩定，而是一個全新而且甚至或許是更為劇烈的不穩定階段，進入（多重）危機的年代。

但是現在，在於巴黎寫完《邊境國》後十八年，像愛沙尼亞這樣的國家不再有太多的選擇。我們現在和法國、德國以及其他國家已經在同一邊了；我們家裡有一樣的冰箱、我們有一樣的超級市場、相同的無力感和相同的恐懼。現在，回過頭來看，九零年代的「轉型」時期（事實上，像我剛說的，整個世界現在看來不過是進入了一個巨大的轉型時期）現在看來是個單純而充滿希望的時期。那時候的希望，確實多少得到了滿足（對東歐而言）：我們現在的確是富裕多了，在購買力方面（pouvoir d'achat，我不記得英語的詞是什麼了），但我們也可以看到這種富裕的另一面，即空虛，其虛幻的一面！我目前正在進行蕭沆（Cioran）的《誕生之不便》（De l'inconénient d'être né）的愛沙尼亞文翻譯。他說人們（人類）只知道一種讓事情變得更好的方法：就是讓事情變得更糟。回顧過去，再看看現在的世界，很不幸他似乎是對的……

但最終，邊境國這個字（piiririik）裡面，有件事令我著迷不已（儘管我以前未曾想過），亦即它的書寫形式：它是對稱的，PIIRIRIIK 中間那個 I 就像一面鏡子，但卻似乎不太清楚：裡面反映的影像並不全然真切（一個字母看似另一個字母）。同時，大量的 i 就像地上風景中的一列邊境牌，或是柵欄……順帶一提，在蘇聯時期，愛沙尼亞是貨真價實的邊境地，至少有四分之一的領地是禁區，所謂的「邊境區」（border zone）。大部分的海岸以及所有的離島都包含在內，所有人只要不是永久居住在其中，都得有警察給的特殊許可才行（而且你還得說明為什麼要進入該區：找親戚、工作等等）。因此，這個廣袤的國家邊境並不是一條線，而是一個區域，寬達數十公里……我曾在西屋馬島（Hiiumaa）上住過一段時間（並且目前也住在這裡），就在邊境區裡面，並且是這個區域裡最森嚴的禁區……這也有好處：沒有像現在這麼多的遊客，島上也沒有房地產開發。邊境區作為自然保育似乎是可行的……現在唯一真正的邊境是在愛沙尼亞與俄羅斯之間，即歐盟與北大西洋公約的邊境。但這邊境大部分是在水裡（湖泊與河流），另一部分則大部分屬於森林，因此你可以在愛沙尼亞生活而從沒見過這個邊境。但邊境仍舊沒有太大的變動：從西邊海岸到愛沙尼亞的東邊，兩三百公里的距離……

家瑜：

很有趣的是，您談到了從上世紀九零年代到新世紀的轉型，特別是對東歐國家，這在某方面被您描述為富裕的虛幻面，即空虛，對此您似乎在小說中透過敘事者的話加以批判，在他談到（法國的）廚房、（法國的）櫥窗等等。而我猜想這是為什麼敘事者在小說中某處宣稱世界文學只存在於東歐某些意願良善而單純的教授腦袋裡。

您的小說中一直令我著迷的是認同的可能性。作為一個讀者，和所有讀者一樣，我們很容易將自己放到安傑洛的位置上。而許多人也說本書就某方面來看是您的半自傳小說。而我想，對許多西歐國家之外的讀者而言，也很容易能將自己置身於敘事者的位置。

同時，如您前面所說的，您正在翻譯蕭沆的作品。

因此，我的問題是：既然現在愛沙尼亞不像過去一樣有那麼多的選擇，已經與法國、德國在同一邊，你是否認為「世界文學」從任何角度而言比過去更為可能存在？因為在一個層面上，你的寫作似乎讓讀者很容易認同敘事者（儘管這是一個「不願認同」的人），而在另一個層面上，持續向西歐靠近，這或許讓愛沙尼亞的讀者處於新的位置，更能認同西歐國家至今持續面對的問題？

托努：

既然我們現在屬於西方，是西方的一部份，西方已失去了魔力般的吸引力。現在西方是我們的日常生活，通貨膨脹、經濟危機、失業率、過度消費、追逐錢潮，等等。當「自由世界」在邊境的另一邊時，對自由的夢想是強而有力的。但最後我們發現，自由是很微妙難搞的東西……你永遠無法擁有。當一個人以為他捕捉到自由時，他捕捉到的永遠是某種別的東西，某種比自由小得多的東西，而自由本身永遠在別處，像是天邊一朵美麗的雲，沒有形狀，無法觸及……就算你升到雲中，不管是坐飛機還是爬山，在一片水氣之外仍沒有任何東西，突然間你迷失了。越過它，什麼都沒有，除了我們稱為天空的一片空洞。

自由在歐洲是十九世紀強大理念中的一個，而在歐洲我們一直活在十九世紀，似乎無法從中逃脫。儘管那些大理念一個接著一個失去其真實的力量，但我們一籌莫展，我們仍然必須相信，因為我們沒有別的東西可相信。世界文學也是個十九世紀的理念（而那時候這指的當然是歐洲文學）。這確實表示有某種「優秀文學」的理念。而真的，在某些地方，現在似乎還存在著這種理念。就像十九世紀所有的大理念一樣，這個理念還是很大，但很詭異地，卻很無力，像是個鬼魂，像某種死後生存下來的東西（像是尼采之後的上帝理念，等等）。儘管我們無法辨認它的生死，而且如果我們（歐洲人）是在行將終結之邊境的這邊或那邊……我們活在一個終結的年代，某種無法避免的墮落，這也是個（終結中的）十九世紀的理念。但對我們而言它仍未真的終結。

認同的問題也與自由的問題、權力的問題緊密相連。如果我們內在認同自身，這就是種解放的行動，一種自由的行動，可是一旦認同變成一種外在的標籤，它就變成一種綑綁，一座監獄。閱讀一本小說是一趟充滿魔力的自由之旅，我們全然自由地想像自己成為另一個人。可是一旦有人將我們認同為小說中的主角，這就變成了一種標籤的行動，權力的行動。只有對自己，我們可以自由地說我們是什麼。因為每次我們將它形諸言詞，它就會出現些許的差異。一旦我們將它說出口，我們就為自己畫出界線，將自己放進一個「身分認同」的牢籠。一個真實的人類身分認同永遠不能被文字所表達。它只能由生活，由整個生命來表達，而這在結束之前是不會完全清楚的……

家瑜：

我同意真實的身分認同永遠不能用言語表達。我想這就是為什麼敘事者敢跟安傑洛講話，只因為他們應該都只能用對他們兩人而言不是母語的語言（法語）溝通；我們也可以看到在小說中某處敘事者說自己帶著半個語言過活……

然而，既然你談到個人對自身的內在認同，我想問兩個問題：

首先，敘事者似乎很難將祖母擋在夢境之外。事實上，在整篇小說中，敘事者不只是夢到，還時常回憶起他的童年，而祖母在其中占有很重的份量。藉由敘事者面對過去時的無力感，您是否試圖描繪對新的身分認同（不論在什麼層面上）的慾望，以及滿足此一慾望之不可能？

而既然關於祖母的回憶主要是在愛沙尼亞獨立前的年代，這便將我引向進一步的問題：在政治層面上，比喻地說，您是否有意與愛沙尼亞讀者探討過去，即蘇聯時期？

請容我更進一步。我在網路上發現（請原諒我做了些功課）您在Diplomaatia 上寫過的一篇文章，題目是〈宗教與貿易〉。我在其中發現一個非常有趣的論點：您比較了兩群傳教士，羅馬天主教與俄羅斯東正教。在此這將我領回邊界的問題：關於祖母以及蘇維埃的過去，事實上，不是可能還含有另一個面向嗎？那不只是過去，還是東方。然而事實上，那種居間狀態（In-Betweeness）不是一直存在著嗎？

當然您也可以看出來我提到兩個不同教會這點，是為了提出與小說中的宗教象徵有關的問題。但也許我們留待下一個問題？

托努：

我們的過去，特別是我們的童年，總是有兩副面孔：它是種負擔，同時也是我們生命的支柱。如果它僅僅是種負擔，失憶症就是如何「前進」之問題的解答了。但它不是。在此我們又遇到了自由的問題。我們總是試圖從我們過去中的某部份中得到解放，即壓迫的部分。但有可能拋棄部分而不失去整體嗎？祖母是敘事者的過去，也是「邊境地」（Borderland）的過去：那苦澀的過去（戰爭、流放、瘋狂）和甜蜜的過去（儘管那是敘事者的童年）。敘事者想將他／她的夢從痛苦的事物中解放。但那究竟是什麼呢？我們從不知道。我們終其一生為此掙扎，而我們仍無法清楚地看進其深處。鏡子永遠朦朧不清。仍然，看來似乎有可能看得清楚些，至少一步一步，一點一點來。這也是敘事者的掙扎：要看得清楚一些。這是為什麼他／她離開家，旅行到遠方，是為了要找尋某種比他／她被教導該過的、每個人都過的（而事實上沒有人過的）「正常生活」更為真實的東西。來自東歐某個小國，這只是個自傳性的事實。每個人都來自某個地方，每個人也都得掙扎著理解要從他或她過去的「老房子」裡排拒什麼出去，以及什麼東西可以拋棄。而可能拋棄的東西，既然回憶有其生命，它們就可能會從遠方回來……

我認為愛沙尼亞讀者比某些西方讀者更不「政治地」閱讀這本小說。對愛沙尼亞讀者而言，那不過是我們的共同過去，而如何處理它則是我們的共同問題，比較是在個人層面而非政治層面上。政治問題尚未解決，也很難在小說的扉頁上討論。但還是有許多問題是政治——不論如何民主——無法解決的，因為它們太「小」、太怪異、太特殊。因為它們是我們獨自面對的問題，而且經常只能最貼近的親密關係中才能被表達出來。而小說，儘管是「公開」而人人可得的，卻正好位於這親密的位置，人們可以討論在任何其他地方都無法討論的問題，可以突然（對自己）說出在其他情況下永遠不敢說出的話……矛盾的是，此處恰恰存在著小說的政治意涵：賦予受政治系統性消音的問題、懷疑和渴望一個聲音，這些消音並不總是出於惡意，而毋寧是因為無能將它們發出聲來。例如，有個政治史，將我們的過去分成蘇維埃時期、獨立時期等等（或是這個總統或那個國王之後的統治），但還有另一個歷史，我們自己的歷史，它幾乎對政治時期毫不在乎，它有自己的邏輯。

但就文化與政治地理而言，是的，東方與西方完全是任意武斷的概念。在蘇維埃聯邦中，愛沙尼亞是「極西方」、是「進入歐洲的窗口」。現在我們是歐盟東方的邊境。而對我們而言，譬如當我們到法國旅遊，似乎主要是往南方旅行，因為我們活在北方……而在中國，「東方」又會是指什麼？

家瑜：

嗯，我無法替中國人民說話，在台灣我們的中國教育有點不同，而且地理上也有一些差距，但文化上我們確實享有共同的根源。我想，不論在台灣或是中國，東方對我們而言，就是指我們。也許對中國而言，在過去，還包括了日本（有趣的是現在它是亞洲最西化的國家）。而對台灣人而言，我們沒有選擇，因為我們的東邊只剩太平洋了……然而，一個歷史與文學上的事實或許你會覺得有趣：在中國歷史上的大部份時間裡，至少到歐洲文藝復興之前，西方的意思是指印度、阿拉伯國家……中國最重要的古典小說之一——《西遊記》，說的就是一個佛教僧侶前往印度學習、抄寫和翻譯佛教原典……

我記得您說過，宗教在愛沙尼亞的公領域中沒有什麼影響力。而您也說過，敘事者的宗教氣質是他／她的怪異和老派氣質。但書中確實存在著大量的基督教指涉（特別是日期）。而如果我們將目光從敘事者身上移開，另外還有兩個宗教角色，兩個神父，分別和敘事者以不同的方式（但都非常親密）相關。一個是在阿姆斯特丹的教會，他說話像是知道敘事者的命運一樣（「你得穿過所有世界，但出路卻無處可尋」），另一個似乎是敘事者的通信對象，擁有一雙具魔力的手，並出現在最後一封信中。而事實上，安傑洛的出現也像是個超然的存在（從光中浮現，等等），就連法蘭茨都是從空氣中凝結而成的……還有在敘事者想像中以為自己處於其中的水底世界，從中伸出了那隻將硬碟交到他／她手中的手。在我看來，如果我錯了很抱歉，但敘事者似乎對另一邊的世界有很強烈的意識？但一方面，這兩個世界似乎又互相穿透，好比說地鐵站裡的鬼魂、進入如墓穴一般的教堂……而如果我能更進一步，那青草的世界，那又是另一個世界，似乎對敘事者非常重要。

那您是否有意，在一方面描繪敘事者做為一個在塵世中的人類，在他／她逃離過去的嘗試中，需要一個超越塵世的世界，或至少是另一個向度，一個在他／她死前永遠無法真的進入的向度？另一方面，這是否是另一個你想在小說中提出的邊境？在人／動物與植物之間、塵世與……天堂或深淵之間？而這是否與小說本身是場告解、敘事者對安傑洛的告解、一場罪行的告白有關？如果有，是什麼樣的關聯？

托努：

渴求與欲望，一旦過於強烈，不論其對象如何世俗，總會超越，而永遠不能在此處被滿足，因此它們不可避免地會創造另一個向度，在其中它們終能找到平靜，如果有可能達到另一個世界，如果我們真能超升……但有時候我們似乎真能做到。那時候就會有平靜，而不留下任何慾望。但我們是否永遠無法認識那個地方，那平靜、至福至樂的來源？那是否會在青草或是天堂，或是永遠在所有事物之間的某個地方？在基督教神學家中有過漫長而無用的討論，關於神的國度是在我們自身之中或是在我們之間（這也可以指在我們任兩者之間）。它似乎總是同時既在內又在外。我想，敘事者表達了一種人類普遍的困惑：要是我們明白，我們就安靜了；要是我們不知道，我們就有要說話、發問、確認、告白等等的衝動。而既然我們不知道，我們撒謊便無可避免。敘事者亦是如此。我們永遠無法確切知道他說的關於自己與他人的事情裡面有多少真話（嗯，我們可以停留在較為單純的他身上，這對我這個作者而言不會造成困擾）。至於他的罪行？難道不是他在尋找一樁罪行，他自己的罪行，好界定並同時解放自己？如果犯錯是人的天性（errare humanum est），那無辜就是非人的……他的告白是真誠的，但絕不能太過認真地看待，像是其他所有告白一樣。在其中有某種戲謔、某種展演（所有那些神父和鬼魂）、和某種幽默。

我們會持續不斷地追尋「確定的」身分認同，也會持續不斷地逃離它，不論在什麼地方，在塵世或是天堂。

家瑜：

敘事者的「工作」是譯者，而他／她說自己是個讀很多書的人。我很好奇：是否有任何作家你特別心儀？像是敘事者提到的那幾個（佩索亞、杜斯妥也夫斯基，等等）？有愛沙尼亞作家嗎？

另一個反向的問題是：既然邊境國是被翻譯成最多國語言的愛沙尼亞小說，至少在九零年代肯定是，那是否有任何愛沙尼亞之外的回響你覺得特別有意思，或許提供了某些想法讓你帶進對小說主題的思考？

托努：

在所有作家中，最令我著迷的是莫里亞克（Francois Mauriac），特別是他兩本互相關聯的小說，《寂寞的心靈》（Thérese Desqueyroux）和《夜末》（La Fin de la nuit）。我這一生中讀了很多次（從高中開始），每次都讓我理解更多之前未曾理解的自己。我也很喜歡他的書寫方式，那種濃縮、簡練。

在俄語文學中我喜歡契科夫勝過杜斯妥也夫斯基。我覺得他比杜斯妥也夫斯基來得真實與誠實得多，後者的意識形態有時候根本就很愚蠢（但他筆下的角色和情境當然都很偉大並且引人入勝）。

在愛沙尼亞文學中，對我影響最深的是詩，古典詩人和偉大的當代詩人，像是揚・卡普林斯基（Jaan Kaplinski，有英譯）和薇薇・路怡科（Viivi Luik）。我也很欣賞薇薇・路怡科的小說（她的兩本小說也已被譯成法文）。順帶一提，這兩位都非常傾慕中文詩，特別是卡普林斯基，他將許多中文詩翻譯成愛沙尼亞文。我認為，中文古典詩影響了很多當代的愛沙尼亞詩人。以自然為中心（nature-centeredness）似乎非常貼近愛沙尼亞「魂」。

對我的書的文學評論、書評等等，通常對我的書寫沒什麼幫助。他們在談的總是上一本書，而非我正在寫或是想要寫的。但有時候在一種心理學的意義上，會是有趣的閱讀經驗：既然我對已寫就的文本了然於心（我敢如此說），那看到一個人注意到什麼、強調什麼、迴避了什麼主題、如何詮釋書中的這項或那項內容，是很有趣的。這總是說明了評論那個人的許多事，而（對我而言）很少說明關於我已經太過清楚的那本書什麼事。同樣真實的是，對這本小說的閱讀，在不同國家有非常不同的方式，這有點可笑，但卻是真的：確實「西方」讀者與評論者經常將自身（至少以某種方式）認同為法蘭茨，而「東歐」讀者則對其明顯可悲的命運並不關心，卻對敘事者觀看事物的方式感到更為貼近。

然而，這種或多或少政治化的閱讀似乎是最膚淺的一種方式。同樣真實的是，人們（教授和「普通讀者」都一樣）很少敢於說出自己對讀過的某本書的感覺和想法。對書的接受似乎是種非常集體、非常社會性的現象。

但《邊境國》還是有個非常動人的外國詮釋。那真的是個詮釋，被搬上了舞台。他們並沒有真的將小說改編成舞台劇，而是用一種奇特的類型，「讀劇」（lettura teatrale），似乎在義大利很受喜愛。這一切發生在薩丁尼亞島。那是個業餘年輕演員的劇團，在一個古老的小歌劇院裡，這種場地在義大利隨處可見。看到那齣戲令我情緒激動（既然我知道文本，又因為懂法文故能聽得懂一點義大利文，我有完全理解的感覺）。他們的詮釋真的出人意料：安傑洛成了敘事者的父親……

家瑜：

與您在本書的創作過程相關的一個問題是，敘事者的性別。您說過，對許多愛沙尼亞的讀者而言，一開始敘事者是個「她」，在這本小說被認定為「同志」小說之前。這讓我很感興趣：您似乎希望讓敘事者能夠被認為是任何一個性別。但若是如此，為何最後讓敘事者成為「同志」呢？（她／他大可是雙性戀，老實說。）而如果敘事者不一定是同志……您知道，在中文裡，當一個人用第一人稱書寫或是言說的時候，要隱藏性別是完全可能的……因此，無論如何，您決定敘事者的性別與性傾向的意圖是什麼？

托努：

在寫作的過程中，一開始我想像的主角是個年輕女性——首先，我想，這是因為我想寫一本以女性（第一人稱）為主角的小說——像是托爾斯泰的安娜・卡列尼娜，或是莫里亞克的苔蕾絲（儘管他們在敘事中並未使用第一人稱）。我就是著迷於此。我發現這一點也不複雜。一本書的角色「性別」是由少數幾個細節所創造的，像是姓名、服裝、某些類型的思緒、某些類型的關係……一個男性作者完全可以「扮演」一個女性角色——並達到某個（相當高）的可信度。然而，總會留有某種疑慮：托爾斯泰的安娜、莫里亞克的苔蕾絲和其他的女性角色是否真的全然是女人？或者在其心靈中有太多其創造者的女性部分？有趣的是這沒有答案。沒有人能「控制」（例如在醫學上）角色的男性或女性身份。他或她都純然是我們想像力的產物。作者首先是和他或她自己的想像力嬉戲，然後他或她會和讀者的想像力嬉戲，然後讀者會和他或她自己的想像力嬉戲……這讓我想起中國的戲曲（或是歐洲的巴洛克歌劇），在其中，男人扮演女性的角色。每個人都知道那是個男人穿著女人的衣服，但沒有人對他或她看到在舞台上的那個人是個女人這件事有一刻的懷疑……而在另一方面，在閱讀莫里亞克或是托爾斯泰的小說時，我們男性讀者仍然很容易認同於女性角色，我們能感受到她的感受、她的恐懼、她的懷疑、她對愛的渴望——這至終是人類對愛的渴望——因為我們的慾望、恐懼、懷疑大部分是人性的，而很少必須是男性或女性的。這是文學能夠教我們的一件事。這絕不表示性別不重要，它當然重要，我絕不否認或減損其重要性（畢竟，依我大學所學，我是個生物學家……）。但仍然……確實，語言也會影響我們的思考。在法文和俄文中，每樣東西都得有個性別這件事，在我看來總是非常可笑，而所有愛沙尼亞人在說法文或是俄文時、甚至英文的時候，都很容易在性別上犯錯。最近一個本地的俄裔女士對我抱怨道，她的女兒在愛沙尼亞念書，但很自然地和她是用俄語交談，可是卻經常在說到自己時使用男性文法形式（在俄文裡，用第一人稱說話時，要隱藏性別是幾乎不可能的）。

但終究，在我的小說完成時，我不是很確定裡面的那個「我」真的可以是個女人。在我看來有點矯揉造作……因此我改了一些細節（只有一些，不是很多！）為了讓他看來更真誠，並讓讀者能（如果他或她願意）以那個我是個他的方式閱讀。這很有趣，我第一次觀察到，在小說出版時，「正確」的讀法卻還沒建立起來（就像我剛說過的，對一本書的接收，同時總會是一個社會現象），真的出現了兩種不同的閱讀可能：許多讀者，特別是女性讀者，把那個我讀成一個她。

然後，如果是個他，那他最少肯定有同性戀的感情。但仍然，我們為何能將同性戀的標籤貼到他身上——只因為我們有某種關於同性戀的概念、某種（男性）同性戀做為某個特殊類型的特徵。而這對某些讀者可能很重要——他們能夠以他是個同志的方式認同他，對其他讀者而言，這卻完全不重要，而他們可能「暗中」在閱讀時將自己放到敘事者的位置上，而不太去想他（或她）的性傾向。對我們今日的文化而言，幾乎每件事都被性化（sexualized），但真是如此嗎？確實，似乎總有某種情色的震動在那些觸動我們的藝術、文學中——但事實上，那不一定得跟性有關，這還沒有很好地界定，那或許只是某種能量、生命，讓藝術在我們體內活著……

家瑜：

最後一個問題，這問題——不管看來有多詭異——我心裡非常在意。

米耳飛怎麼了？

這問題聽起來有點像個玩笑，但我個人卻無法略過不理，我就是有個奇特的感覺，覺得米耳飛很重要。也許對你而言並不如此，我不知道，但對我而言，米耳飛是小說中的一個重要角色（真的，是提問的人暴露較多問題，而非小說和作者）。無論如何，你可以說我喜歡牠，雖然牠在整本小說中只佔了幾行字。因此，你能不能為牠說幾句話，你是如何創造牠的，你對牠是什麼感覺？

托努：

米耳飛是隻真實的貓。米耳飛並不是個常見的貓的名字，也不是個常見的女性名字——不再常見，這是個很老派的名字。我猜沒有哪個米耳飛年紀低於六十。米耳飛可能有差不多二十五歲了，但貓活不了那麼長。米耳飛是我養過的第一隻貓。那時候，我們——我和梅爾（Maire，書中很多祖母的故事事實上是她祖母的故事）——住在一間廢棄的牧師宅邸（十八世紀），在我現在住的島上。那是間大房子（現在還空著），我們生活的小空間在閣樓上。我們收留了一隻貓。牠長得很甜，樓下整個空曠的大房間（風大的夜晚，沒門的窗戶會喀啦作響）都是牠的。牠很甜美，也很墮落，像一般的貓一樣：她已經擁有許多癡心的情人，儘管附近並沒有真正的村落，但公貓就是不斷出現。她最喜歡的是最醜最老的那隻公貓。那是個溫暖而晴朗的秋季，某天，米耳飛消失了。我們找遍了所有地方，甚至連教堂邊的那座墓園都找過了，問遍了附近所有的農莊。但米耳飛就這麼消失了，就像貓兒有時候會發生的一樣。但仍然，米耳飛並沒有像牠們一樣就這麼不見，完全消失，沒留下任何痕跡。她留下了流言蜚語。有人說（但她不真的肯定）她確信看過一個男人路過牧師宅邸，而米耳飛跟著他直到教堂前的公車站，而那個不知名的男人似乎帶著米耳飛一起上了那班前往鎮上的公車，米耳飛在那兒度過餘生——多久我不知道，我也從未想要證實那些流言。我已經到別處生活了，獨自一人，養了其他貓。當我在一九九三年的夏天，在巴黎寫《邊境國》時，米耳飛的回憶（那時牠應該有六歲了）還很鮮活。我就這麼把牠寫進書裡了。現在你——從遙遠的台灣島上——給了我一個機會，說出米耳飛的真實故事，短小，帶著神秘，但這是我所知道的米耳飛的一切。

譯後記

其實已經翻完了，我一切都已徹底迷糊，說真的沒什麼好說的。再多說，那就純粹是出於一種惡劣的心態與習慣——喜歡說話。

愛沙尼亞……說這本書是第一本中文的愛沙尼亞文學翻譯，好像很偉大……但當我在從羅馬出發的飛機上，正要前往立陶宛時，腦子裡不斷出現的是我自己古老幽遠的回憶，我兒時的早餐桌，大約十歲吧那時候。每天早上，我爸都會在吃早餐時聽廣播——那時還沒有第四台。早晨的新聞廣播總以慷慨激昂的管樂曲開始——〈The William Tell Overture〉。國小五年級，總感到外面的世界很刺激，總想著有天我要出去闖蕩；新聞聯播那時老提到愛沙尼亞、立陶宛、波羅的海三小國什麼的，穿插在沒完沒了關於北京的動盪新聞中。整個世界似乎都在變，在動盪，激動人心。那年一九八九。

當然我沒那麼快出去闖蕩，我還得看兩年七龍珠；聽說聖鬥士星矢有北歐篇，但我就是沒機會看。

所以，很搞笑的是，在我踏上波羅的海三小國的土地，走出立陶宛首都維爾紐斯的機場，看著那藍得有點濃郁又過分清澈的天空時，腦子裡閃過的，竟然是聖鬥士星矢的北歐篇，一段我從沒看過的故事。

其實本來想去的是真正的東歐，波蘭、匈牙利、捷克這些地方，這些對我而言代表著蕭邦、「若為自由故，兩者皆可拋」、昆德拉、赫拉巴爾、奇士勞斯基等等偉大名字的地方。為什麼買了機票去波羅的海三小國？為了聖鬥士星矢？還是為了兒時早餐桌上迷糊聽到的幾個字眼、幾個名字？

我終於有了一段真正的旅程：啥也不知，啥也不懂，連歐元不能用都不知道（騙你的，其實我知道，只是心懷揣揣），就背著沉重的旅行袋勇敢地站到公車站前，努力要辨認那還算印歐語系的某一族某一支的某個語言，懷著虛幻的希望，但願能認出什麼字來好知道是否可能搭上公車……一個印度人幫了我，要不然，在這個我生平見過最空曠，最缺乏遊客，甚至是缺乏人的機場出口，我真不知道該怎麼辦。

我開始尋找英文書。首先，你不能確定英文有用，這裡畢竟曾經是鐵幕國家，所以找本當地人學英文的書是有用的：倒著用，他們拿來學英文，我拿來查當地生活用語。再來，找英語翻譯的文學作品。我不相信旅遊書，旅遊書能讓人認識什麼地方的話，那我們是去那裡幹嘛？「體驗」嗎？我寧可看他們的小說，他們的詩，我聽說過，詩在這裡還活著，至少我相信詩和小說比旅遊書來得……

三天在立陶宛，好容易在第四天下午，就都快要趕往機場了，我在一家新蓋的大賣場裡面的書店，找到一本童話繪本和一本厚得像字典的詩集。立陶宛很美，一種很醜的美，你幾乎會以為這裡沒有窮人——因為沒有富人，沒有工業，沒有股票市場和都市更新——那只是種印象，一種人都走了卻沒人回來的印象。也許是因為前一天才參觀過立陶宛的國家歷史博物館。KGB

總部，以前。地下室都是單人囚室，牆上貼著整理好的，過去曾被監禁在裡面的人所留下的文字、布料、和簡單的生平介紹。噢，還有照片，好多的照片，每張臉孔都是死人，好多好多的死人。我快步逛完所有的牢房，順著指標往外走，穿過樓梯，上面有陽光照進來；我正想鬆一口氣，推開門走過去：玻璃地板，玻璃牆，都是石頭砌成的，石頭上都是彈孔——刑場！剛才看到的臉孔都死在這裡嗎？血呢？

可能對他們很有歷史意義吧，我不知道是什麼樣的意義，但我第一次知道什麼叫做肅穆。博物館外有個塚，上面都是小孩子畫的圖，我知道，他們教育小孩不要忘記過去。

往北，下一站，拉脫維亞。仍然不能用歐元，但首都里加很明顯比維爾紐斯人多了點，建築高大了點。這裡的KGB總部更大，我已經不想進去看了。參加了單車導覽，一個在拉脫維亞安身立命的英國人帶的，騎了老半天，我們進了一片翠綠的寬闊公園，幾乎看不到邊。公園深處，一條路的開頭處立了個石碑，我心頭一懍：大衛之星！我立時想起在立陶宛的青年旅舍聽一個熱血的美國人說過的：波羅的海三小國的人長年生活在俄羅斯帝國的陰影之下，對德國是很歡迎的，二戰時，在維爾紐斯，八成的猶太人都被殺了，立陶宛人幫的忙……果不其然，這好大一片墓園裡，埋了一大堆猶太人……

翌日下午，我決定自己逛。市中心另一個大公園裡傳來擴音器的聲音，演唱會嗎？走進一看：年度詩人大賽！詩果然還活著！詩人一個一個上台朗誦自己的作品，有拉脫維亞文的，也有俄文的，中間穿插著各種亂七八糟的表演，有國小兒童的芭蕾，高中生的街舞，流行歌手的演唱。大片的觀眾席，後面一半全都是下棋的老人，根本沒在聽詩。

夜晚，在青年旅社，我和吧檯混得老熟，客人來自四面八方：英國、芬蘭、德國……大夥都睡了，愛爾蘭裔的老闆帶了兩個金髮妞回來，一老一少，老的很豪放，小的和另一個英國老男人出去了。老金髮妞瘋言瘋語半天，等到那個瘦小、醉得站都站不穩的老闆東碰西撞去上廁所時，突然間變了臉，轉過頭來用俄語和吧檯聊了起來，一本正經，風塵味完全不見了。電話響起，小金髮妞打來求救的，那個老英國男人色急攻心了，老金髮妞趕緊安撫了一下愛爾蘭老闆——其實他根本已經醉到不知道自己是在天堂還是人間了——便急忙出門救人了。

最後一夜，吧檯請我喝酒，冰得似乎略帶黏稠的伏特加。「那些英國小孩，他們根本不懂得伏特加該怎麼喝。」

詩歌節的下午，我買到一本唯一的英譯詩集，詩人似乎是他們國家的偉大人物。另一本英文書，我只翻了兩頁，講的全都是拉脫維亞人被流放到西伯利亞的故事，口述歷史。

睡了沒多久，就下了飛機。愛沙尼亞到了。

夠北了。再北就是北歐海盜的世界了。首都塔林，大概可以算是歐洲大陸在斯堪地那維亞之外，最北的地方了。

隔海，就是聖鬥士星矢北歐篇的戰場了吧？

但我只有一天的時間，明天一早就得走。我要去柏林找一個人。一天，去哪？

我相信這裡肯定還有前 KGB 總部，肯定還有大片的墓園，但時間不夠了，語言變得更加難以索解——愛沙尼亞文不屬印歐語系，屬於烏拉爾語系，芬蘭－烏戈爾語族，我幾乎認不出任何字。旅程快結束了，太陽還沒下山，我得加緊腳步。

出乎我意料之外，在市中心百貨裡的書店，竟然有一整櫃的愛沙尼亞文學英譯作品。我興奮又緊張地快速翻閱，想挑幾本帶走，我唯一能帶走的就是文字了。幾乎都是詩，特別是好多女詩人的詩。還有一本史詩：搞半天，這裡的史詩竟然也不同於斯堪地那維亞，這裡不受奧丁管轄，當然聖鬥士們也就沒在這裡廝殺過。

就在我兵荒馬亂又興奮的時候，看到了在櫃子的角落，這本薄而灰暗的小書。

《邊境國》。在說哪兒？愛沙尼亞吧？確定不是什麼政治學論文？

我隨意翻兩頁，似乎挺有詩意，翻得很流暢，開頭說：「你是怎麼說的，當時？『你有雙奇特的眼睛。彷彿你正在觀察世界一般。你不是法國人，是嗎？』」

對，我不是法國人。我正在觀察世界。

你是誰？

就這樣，我把這本書帶了回來。我問作者能不能翻譯，作者要我找法文版對照著翻，我就這樣在三個語言中穿梭。在柏林的那個人跟我回到台灣了，幫我改了很多翻錯的地方，我則繼續在法文、英文和中文間頭昏腦脹，直到我自己都不知道是不是自己寫了這本書，這串告解……不是一個愛沙尼亞人用愛沙尼亞文假裝是用法文在跟一個義大利人說他怎麼殺了一個德法混血的文學教授嗎？法文跟英文怎麼說得不一樣？我問愛沙尼亞作者，他才發現這裡法文錯了，那裡英文錯了……

那天，是夏至，波羅的海族人一年一度的慶典。從立陶宛開始，每個人都勸我多留幾天，再幾天我們就要舉行年度慶典了，我們會到山林裡，用白色的花朵編成花冠，戴在女生的頭上，我們會唱歌跳舞，那天太陽永遠不會落下……我沒法待，我得去下個地方，去拉脫維亞，去愛沙尼亞，好在前往柏林找我心裡的那個人之前，走到大陸的北邊盡頭。我得走了，沒法跟你們到山裡編花冠，對山頂落不下去的太陽唱歌、跳舞……

一直到我又回到機場，飛機離開地面，往柏林出發，往我熟悉的西邊出發之前，太陽一直沒落下。那天似乎從來沒有結束，一直到現在……。

重返邊境／國

譯者新版後記

約莫一紀[1]之前，我剛從巴黎回到台北，伴著在柏林找到的那個在我心裡的人，對自己的前途感到一片茫然。歸國後第一個夏天，我們每天在台北市的咖啡廳裡，埋首翻譯著托努的《邊境國》——我翻完一封「信」，她為我校訂一封「信」，就像是書中那個拿補助到法國做翻譯的東歐作家，把一封又一封信寄給那個不知是否存在的安傑洛一樣。直到今天，我才知道托努真的在一九八三年笑說要去巴黎寫小說，並真的在約莫一紀後，拿法國翻譯補助款去巴黎寫了這本小說。

然後，一紀過去了。《邊境國》二零一一年在台灣出版後，於翌年在香港化成了一齣小劇場演出[2]。三年後，台灣在春天、香港在秋天登上了國際

---

1 一紀共十二年，古漢文中以歲星（木星）「繞地」一周為一紀。見《國語．晉語》。

2 在《亞洲劇力無邊界．第二擊》，香港劇團「小息」演出《邊境國》，問道：「理解是否可能？」見https://littlebreath.com/portfolio/border-states/。

新聞，而在兩者之間的夏天，托努故鄉（或是小說中的「邊境國」）的故事，以紀錄片《歌唱革命》的形式在台灣發行——我終於看到了波羅的海三國那個年度慶典，那個在太陽永遠不會落下的那天，大家編花環戴在頭上，跳舞唱歌的日子，在我的電腦螢幕上——但我現在才知道，在一九八八年的那次慶典，讓托努在八三年的說笑成為可能：八八年，愛沙尼亞人第一次在蘇聯政權底下，在慶典上唱出自己的歌；八九年仲夏，他們先是牽手串起三國——記錄這次牽手的文件已列入聯合國教科文組織的「世界記憶計畫」——而他們牽手的那天，則成了歐洲的「史達林主義與納粹主義紀念日」。那段我兒時在收音機上聽說的遠方的故事，在那個翻譯《邊境國》的夏天，彷如遙遠的過去，而我以為在台灣和愛沙尼亞之間，連結的只是那個虛幻的、咖啡座中會遇到虛幻的安傑洛的巴黎。

但那顯然是個誤解，而在《邊境國》出版三年後就該明白的是：連結台北與塔林的不是巴黎，而是莫斯科與北京，它們彼此之間據說「合作無上限」——巴黎不過是個意外，我和托努意外先後都到過這個城市，但我們都回到了自己的地方，在歐亞大陸的兩端，被兩個巨大的帝國隔開。其中一個帝國，在台灣的立法院被佔領之前不到三個星期，佔領了烏克蘭的克里米亞；在太陽花運動第一次見到太陽的三月十九日，克里米亞的親俄派佔領了當地的海軍總部，當天，烏克蘭的國旗被降了下來，換成了俄羅斯國旗，飄揚在克里米亞風中。八年後，在俄羅斯（不宣戰便）全面入侵烏克蘭一個春秋之後，英國影集《王座》（The Crown）終於對兩紀之前，在香港的另一場換國旗上升的情景表達了看法——透過修改歷史文件的方式：當年英國女王讓查爾斯親王代為宣讀的演講，並未表達她「深信香港獨特的個性和精神，能給世界上一堂關於獨立與進步的課」。在這年春天，烏克蘭總統成了全球抵抗侵略的代表，同時，西方各國都在問：「台灣是不是下一個烏克蘭？」一直問到夏天；到了夏天，美國眾議院議長裴洛西訪台，瞬間讓問題彷彿有了肯定的答案；夏天還沒過完，立陶宛——這個在八八年與愛沙尼亞牽手的國家——派交通暨通訊部政務副部長率團訪台。邊境國如今不再是「無形的」，「對這邊或那邊都一樣」。甚至，邊境國們彼此之間，也不再是「無形的」。然而不變的是：「一個邊境國無法存在。」——除非，「人們準備好為他們在地圖上的位置濺血，因為……」因為什麼？烏克蘭人與香港人會有一樣的答案嗎？俄羅斯人和中國人會有一樣的答案嗎？

於是，我理解到——我突然發現，在一紀之前回台北的飛機上，我揣著的那本輕薄的《邊境國》，不是關於那個在夏至不落的太陽底下歌唱的地方，或是那個一切都過於熱情的亞熱帶島嶼，也不是關於我透過一個自覺隱形的國家看見了我自己出身的那個隱形的國家。我突然發現，我是揣著另一個人懷抱自由的夢想一紀之後寫下的小說，在又一紀多之後帶回了台灣，然後又一紀之後，我才明白這一切都要結束了。在我與托努之間透過《邊境國》串起來的這條線，橫跨的不是歐亞大陸，而是開始與終結，自由之夢的開始與終結。在期間，我們（在不同的時刻、地點與語言中）從對西方的幻想到幻滅，從對自由的享受到困惑，直到現在，我們又重新看到了那個在一切開始之時的陰影：托努大學時期的學生公寓、我兒時餐桌播報波羅的海三國新聞的收音機，旁邊的報紙只有薄薄三張。而在我這遲來的理解之前，香港青年已經在街頭奔跑，而街頭則因煙霧彈而朦朧——彷如未來的預兆——不久之後，煙霧轉為烽火，而在火影中被包圍的理工大學，將要轉移到哪裡？

於是，邊境國是什麼？我們是否又回到了邊境國？又要再次隱形，再次回到只有自由能夠夢想、但自由卻只存在夢想中的世界，儘管打字機早已成了古董，手機已成了我們的義肢，而自由或許已無處可尋——至少，那個逃出邊境國的敘事者逃離巴黎後，「那是我的秘密」的自由，如今已岌岌可危——特別是在兩年多的新冠疫情之後。這是個詭異的轉折。只有在新冠疫情期間，邊境國與非邊境國之間的差異被抹消了，取而代之的是國家經濟實力的差異，清楚顯示在各國疫苗施打率曲線中。

但邊境國本身並沒有被疫情給取消。如果，邊境國指的不只是在一切中間，不屬於任何一邊，無法被看見，而是無法真的進入任何一邊並被容許，甚至被要求消失，那邊境國們依然是邊境國。而《邊境國》，詭異的，卻是在邊境國似乎不那麼「邊境」的短暫時刻，才能夠出現，而我才能在不屬於邊境國的巴黎，遇見她，這個無休止地說著、只為了填滿這個世界的空虛的、不知名的她。《邊境國》在邊境國的故事，不只是「我的鏡像、我的雙生、我的對偶」，而是「看見」這鏡像、雙生、對偶的那短暫的一瞥。在這一瞥過後，我們可能又要進入看不見對方——也就是自己——也就是邊境國——的漫長、寒冷的冬夜。真正的問題是：無法逃離祖母的回憶的我們，是否能逃離彼此的回憶？至少，我沒忘記米耳飛，因為托努把她寫進了《邊境國》……

國家圖書館出版品預行編目 (CIP) 資料

邊境國 / 托努・歐內伯魯(Tõnu Őnnepalu)著；梁家瑜譯.
--二版. --臺北市：一人出版社, 2023. 01
272面；19*13 公分
譯自：Piiririik
ISBN 978-626-95677-5-1(平裝)

881.857　　111019764

邊境國 Piiririik

作　者　托努・歐內伯魯　Tônu Ônnepalu
選書翻譯　梁家瑜
校　訂　楊依陵
編　輯　劉　霽
美術設計　賴佳韋工作室
出　版　一人出版社
地址：臺北市南京東路一段二十五號十樓之四
電話：（02）25372497
網址：Alonepublishing.blogspot.com
信箱：Alonepublishing@gmail.com
總經銷　聯合發行股份有限公司
電話：（02）29178022
傳真：（02）29156275

二〇二三年一月　二版
定價新台幣三五〇元